未完のまゝでも構わない

菊村てる

文芸社

はじめに

前作『夢の中まで』の主人公桐生美奈子は、八十歳を越えて、人生のあり方、生き方、自身のこれからに真剣にとりくみ「未来の会」に辿りつく。

母奈津、姉加奈子、加奈子の孫雄一郎、そして、心は燃えながらも、弁えた四十年の周知来との恋を全うした美奈子自身。そして今回『未完のまゝでも構わない』の中で大きく関わる、自殺志願の少年など、数々の人生の生き方を辿ってみたいと思います。

人は、この世に生を頂き、その時持って生まれた性格を、変わることなく死ぬまで持ち続けてゆくものなのでしょうか？

しかし、私は、この『未完のまゝでも構わない』の美奈子をガラリと変えてみたい。どちらかと言えば、常識の域を外さない美奈子、同じ美奈子を、ガラリと変えてみたい。良い意味で常識外れな破天荒な隠れた美奈子を描いてみたいという衝動を抑えることができなかった。それは、私自身の憧れでもあり、そうありたい、と思っているのです。

どんなことになりますか、胸が高鳴り、心が疼きます。冒険してみようと思います。

残(のこ)んの命　果てるまで
花の咲くまで　燃えたいよ
やりたい事を　やるのです
たった一つの　この夢と
あゝ　これからよ
なんて……ステキ

菊村てる

目次

一　学ぶ世界、考える世界

桐生美奈子は、今日もまだ平常に戻ったとは言いがたく、いつまでも雲の中にいた。あのテレビ放送最終版の、あの盛り上がり……。

　それぞれの　道で咲かそう
　希望の花を　枯れない花を
　老いも若きも　キラと輝いて
　歴史の上に　恥じない証（あかし）　重ねよう
　令和の誇り　天高く
　みんな　みんなの　国だから
　平和の続く　御代であれ

女子アナの声が響き渡る。暫くは、誰も言葉を発することはなかった。

「未来の会、バンザイ」

誰かが沈黙を破った。やがて「万歳」「万歳」の会場に変わった。

あれは夢。これまでの厳しいプロセスとは全く真逆の瞬間であった。「夢ならこのまま醒(さ)めないで……」なんて言っている場合ではない厳しい現実が、もうすぐそこまで迫っているのも知らないで、幸先の良い未来を暗示しているかに、まだ酔いしれている。

数日が過ぎた頃、一本の電話が入った。

「『未来の会』って、何の会なのですか？　何を教えてくれるんですか？」

最初から、ぶっきらぼうなもの言いに、大きく唾(つば)を呑み込んで、

「何かを教えるっていう会ではないんですネ」

と感情を殺して応えた。

「会費払って、与えてくれるものは、ないんですか？　ただ、会うだけ？」

「勉強されるなら専門学校、カルチャーセンター、講習会、いろいろあるじゃないですか」

「じゃあ、ただ会うだけ？」

「教える会じゃなくて、模索する会、考える会なんです」

「何を？」

と、くどくどと被(かぶ)せるような言いように、こちらも頭にきて、

「パンフレットをお送りいたしましょう」と突っぱねた。

「考える会？　何を？」とイラだっている。

「ご案内、お送りいたしましょう」

ガチャッと電話は切れた。

その日は似たような電話が何本か入った。これがあの放送の反応か、とちょっとがっかりであった。こちらの表現が悪かったか？

夢・志・ビジネスはこちらのひとりよがりで伝わりにくいのかもしれない。漠然として、とらえ所がないのかもしれない。いっそ単刀直入に、生き甲斐探しの交流会、とはっきり打ち出したほうがよかったのではないか！

嫌なこと、厳しきことには、いつの間にか鈍感になっていた。何か新しいことを立ちあげる時の、当たり前のプロセスだ。八十にもなって、赤くなったり青くなったりしては、女が廃（すた）る、なんて啖呵を切ってミラーを覗くと、シワだらけの顔にイヤでもご対面。

「負けないよ！」と、その顔に叩きつけるように大見得（おおみえ）を切る。気分が少し晴れてくる。

学ぶ世界、考える世界は自ずと違うのだ。学ぶことは大切なこと、日本人の国民性、戦後平和な社会が続き、一億総サラリーマン時代で経済成長してきたように美奈子は思う。一応の知識があって常識も身についていて、そんな風潮当たり前！〝そうネ、そのほうが楽（ラク）かもしれない〟と美奈子は口の中で寂しく咬みしめた。

二　沁みじみの夜

ブザーが鳴った。さっきの雄（雄一郎の略）の電話から、五分とたっていない。タクシーで来たのか。

「風来坊が何でそんな無駄遣いするの！」

と言いたいところだが、なぜか相手の気迫に押された感がある。

「食事は？　お寿司でもとる？」

と、電話帳に目を走らせる。

「いいよ、いらない。おばちゃんのテレビに対抗する訳じゃないけど、なぜか気が馳（は）せて。俺の会社のレポート打ったから、読んでもらおうと思って」

「レポートなら、この前貰っているじゃない」

「あれは下書きだ。今度は正式に配る奴だよ」

と、前回よりボリュームのあるレポートを手渡した。

「今度はいよいよ本番？」

「ああ」

「いよいよ出動か、頑張って」

「ああ、頑張らなきゃ」と言ってから、

「おばちゃん、テレビ、良かったよ。最後のシーンで皆一体になったネ。引き込まれたよ。感極まった感じだった」

「明日になれば忘れちゃうんじゃないの」

美奈子はさっきの電話を思い起こしていた。

「ずいぶん冷めているんだね。でも今回は大成功でしょ、あれだけ盛り上がれば」

「ありがとう。少しホッとしている」

美奈子はお茶を用意しながら、

「じゃー、カレーでいいかしら？」

と、雄のレポートを机の上に置いた。

「後でゆっくり読みましょう」

と、キッチンののれんをくぐった。

「名前はまだ決まっていないんだ。やっぱり横文字がいいかな」

「一目見てわかりいいのがいいんじゃない」と言いながら、

「やる、やると言ってもお金はどうするの？　ナニナニゴッコじゃないのだから……」

と核心に触れた。

「金はあるんだ」

と、雄一郎はベルトを絞め直した。美奈子は、思わず丸い背中を正した。

「一千万円！」と、雄は呟いた。

「えっ、一千万円？」

美奈子は半信半疑で思わず言葉を呑んだ。

「おばあちゃんが、死ぬ少し前、まだ少し元気な時に『誰にも言うんじゃないよ』と俺名義の通帳と印鑑を手渡してくれたんだ。アメリカで苦しい時に使ってもいいし、何かコレは……という時に使いなさいって。アメリカに行く時に貰った百万円は、アメリカ、何でも高いからすぐ消えちゃったけど、バイトで何とか頑張った。ずいぶんキツかった。でもあの経験が今ずいぶん参考になっているんだ」

美奈子は胸を撫で下ろした。

「おじいちゃん、おばあちゃんの心に応えてあげてね！」

雄は子供のように大きく頷いて、

「ああ、わかってる。受験には失敗したけど、まだ二十六歳、必ず自分の道を勝ちとってやる。一匹狼だ。舞子（まいこ）はどう思うかな！」

「舞子？」と思わず見返して、

「誰？　舞子って」

「日比野（ひびの）舞子、二十三歳。ニューヨークで知り合った人だ。音大から選ばれてママ留学しているんだ。もう少し待って。あと三月（みつき）で帰国する。帰国したらすぐ連れてきます」

「パパ、ママは知っているの？」

「まだ何にも。難しい生まれなんで、またゴタゴタするよ」

「難しい生まれって、どんな？」

と、思わず気構えた。

「T病院に『ベビーの窓』っていうのが当時あったんだそうだ。舞子はそこに置き去りにされた子なんだ」

「えーっ」

　美奈子はあまりのことに二の句がつげず、次の言葉を待った。

「T病院小児科の医長を勤めている日比野頼子先生は、舞子を一目見て運命を感じ、いろいろ難しい手続きを経て、自分の籍に入れたんだ。音大二年生からずっとアメリカの音楽院で留学生として勉強しているんだ。向こうで知り合った友達がたまたま連れてきた子が舞子だった。うちの親は捨て子なんて絶対認めないだろう。自分の子供を、ばあちゃんに預けっぱなしで形式ばかりこだわって。舞子が可哀相だ。おばちゃん、舞子の味方になってやって」

「雄がそんなに好きな人、疎かにはしないわよ。帰国したらすぐ連れといで」

「ああ。頼みます」

　カレーは昨夜作ったもの。冷凍ごはんをレンジにかけ、すぐでき上がり。福神漬と辣韮を添えて、大きなお盆に載せて手渡した。

「ハイ、どうぞ」

「わあ、旨そう」

　と、子供みたいな顔で、もう口に運んでいる。何とも無邪気な雄だった。二十六歳！　もうそんな大人になったかと我が子のような錯覚を沁みじみと噛みしめて、胸がなぜか熱かった。

雄一郎は姉加奈子の孫である。長男の雄介は夫婦共々、その年代の大学の代表として、嫁の和代は手術には欠かせないチームの一人として、夫の雄介の内科部長の下で取り仕切るまでになって、共々多忙極まりないこの仕事にのめり込んでいた。初めての子にもかかわらず雄一郎の世話が負担となり、祖母加奈子がその養育を引き受けた、という経緯がある。

「事務所の権利金礼金はかなりでしょう。あのお金に手をつけたくないんだ。事務所はあの成城の家でやりたいと思っているんだ。うるさいこと言うかな？」

「不動産の名義はパパなのでしょう。じゃあ筋を通さなきゃ。ハイどうぞ、とスムーズにゆけばいいけど、海のものとも山のものともわからない仕事に、ＯＫはない、と覚悟して、相手に丁寧に説明しなきゃ。私も応援するよ」

「おやじも、おふくろも、こんな時に力になってくれないんなら、ブッ殺してやる！　あの家も出る。その時こそ、あのおばあちゃんの一千万円、使わしてもらう！」

「雄、その覚悟でゆきなさい。『未来の会』のネット使って、そう、その時は事務所、ここに置いたっていいよ」

姉の加奈子はよく雄一郎を連れて浜町の実家を訪れたものだ。そのたびにハサミやヘラ、尺ざしなど、とんと見かけぬものを持ち出しては、「コレ、何(ナーニ)? コレ、何?」と首をかしげた。あの顔はいくつになっても、心の癒しとして、充分今も健在だ。

加奈子は雄を自由に育てた。形にはめた育て方をしなかった。柔軟に考える人間に育てあげたかった。コレが母奈津、姉加奈子、そして美奈子と暗黙のうちに受け継がれた女三代の共通のテーマであったのか? 雄介夫婦は一つの枠の中で上手に立ち廻(まわ)る。それが成功の道と全く真逆の発想だったのだ。

「『未来の会』は、ちょっとキザだけど、私の、いのち。生き甲斐!!」

「作詞じゃなかったの?」

と、雄は意外そうに美奈子を見上げた。

「アレは、私、才能ナシ。でも楽しいから」

「へェー」

雄はただ頷いていた。

「楽しいから、好きだからやってるだけさ。夢かな、『未来の会』は仕事かな」

小びんのビールを開け、柿の種を口の中でころがしながら、

「夢とか、生き甲斐が受けないとなると、そうネ……。『人生は、いつでもコレカラLet's go』なんてどう？」

「人生は、いつでもコレカラLet's goか、なるほど！　みんなの活き活き交流会、言葉って面白いネ。おばちゃん、俺の会社のキャッチフレーズも考えて」

「ひらめいたらネ」と、空になったカレーの皿を受け取りながら、

「雄の選んだ人って、どんな人かな」

　と探りを入れた。

「ヴァイオリンは、選ばれるくらいだからプロ級だよ。顔は美人とは言いがたい、まあ変形と言っておこうかな。とっても心の優しい人だよ」

「理想的じゃん。心が優しくて、信じる仕事があって。で、結婚の話は？　もう決めているの？」

「俺は、会って二、三回で決めている。向こうは女だから、いろいろ考えがあるんでしょ。親の問題もあるし、俺は全然気にしてないんだけどネ」

「楽しみが一つ増えたわ。ワクワクしてきた。雄、大変だね。親の説得、仕事、舞子さんのこと！」

「死んじゃうよ、よほど頑張らなきゃ」

と、肩を大きく振って、今度はまともな姿勢で、

「人生って不可解だね。二人とも東京の人間が、何でアメリカまで行って出会うんだろう。得体の知れない何かに操られているんだね、きっと……」

「出会ったり、別れがあったり。そうかもネ」

「おばちゃん、明日の掃除は、明後日にしてください。明日は、すごい大きな講演会があるんだ。どんな奴等(やつら)が集まってくるのかな」

「いいわよ、じゃ明日は来ないのネ」

「明後日、しっかりベランダまでやります。ああそれから、ネットのことは心配しないで。おばちゃんは言いたいことを書くだけで大丈夫。後はよく考えて処理するから」

「頼むネ。おばちゃん、ネットが怖い。いじったら全部消えちゃうんじゃないかと……」

雄は大笑いして、

「じゃあね、ご馳走様でした」と手を振った。

雄の目は輝いていた。あふれる若さ……。老いゆく美奈子は、目が眩みそうであった。

三　雄一郎の死

時計の針が午後の六時を指していた。雄からの電話であった。

「今終わった。二千八百人だって、すごい！　人、人、人。いろんな考えがあるものだね。すごいよ、すごい。ともかく、おばちゃんじゃないけどLet's goだ」

と、掠れたような声で咳払いなどして、だいぶ刺激されたようで、

「私も、行けばよかったわ」と、美奈子は調子を合わせた。

「おばちゃんが来たら、卒倒しちゃうよ、エネルギーだよ、エネルギーだ」

と言いかけて、急に咽せ込んだ。興奮が治まらないらしい。

「いい刺激、貰ったのネ」

まだ咽せている。

「どうしたの、風邪？　お土産だ」と、美奈子は笑って、

「タクシーで帰って、お風呂でどっぷり身体を温めて、寝なさい」

「すぐそばで、咳が止まらない奴がいたな」

と、今度は脳天がとび出しそうな大きな咳をしてから、小刻みにゼイゼイと息づかいが激しくなった。

「貰っちゃったかな」と口ごもり、

「おばちゃん、切ります」

と、電話は切れた。

「貰っちゃったかな」という雄の一言が気になった。
二、三日以前、有名な女優の突然死のニュースが流れたばかりであった。感染力が非常に速く、中国本土あたりが根源らしいなどのニュースが流れた。
十一時をまわっても雄から連絡はなかった。

三時を過ぎた頃、突然電話が響いた。ムカムカッと胃のあたりから突き上げてくる息をおさえながら、

「桐生でございます」

「ああ、美奈子おばさん」

と、その声は甥の雄介であった。雄一郎の父である。

「雄介です。いつも雄がお世話になりましてすみません」

「いいえ、そんなことどうでも。どうかして？」

と、気が馳せた。

「雄が、今……危篤状態……」

後は言葉にならず、震えがこちらまで伝わって、

「えっ、危篤！」

全身がジワジワと凍りつき、こちらもガタガタと震えが止まらない。

「コロナです。何かの講演会に参加したらしいんです。その会場で感染したらしい。面会謝絶で、会うことができません。医者だと言っても親だと言っても駄目なんです」

美奈子は言葉がみつからず、ヘタヘタと倒れそうになった。

「ちょっとお寄りしても、宜しいですか？」

「今どこです？」

「今、広尾の病院です」

「広尾ならすぐ近く……。わかります？　道」

「二度ばかりお伺いしています。すぐ着きます」

「お待ちしています。部屋は六一九です。下の入口で六一九を押してください」

雄はあれから成城の家まで、どうやって辿りついたのだろう。それとも苦しくて、途中でひとりで病院へ駆け込んだのか、思いを走らせていた。

「雄、頑張って……。これからでしょう。本当に、これからでしょう。神様、助けて……」

何もかも、今始まろうとしていたのに!! と、その時オートロックのサインが鳴った。

「はい、どうぞ」

エレベーターで一分もかからず、雄介が青ざめて玄関に駆け込んだ。そのただならぬ様子で、美奈子は最悪を覚悟した。

「雄はたった今、亡くなりました。携帯に連絡が入りました」

美奈子は全身の力が抜け、ヘナヘナと床に倒れ込んだ。雄介が全身の力で支え、

「しっかりしてください」

と、頬を叩いた。

「大丈夫」

美奈子は自力で起き上がって、

「どうぞ上がって」

と、鼻をならしながら雄介をリビングに促した。

「静岡から車で？」

「ええ」

「和代さんは？」

「和代は、心臓の大手術真只中。終わっても、なかなか手は抜けません。人に代わってもらう訳にもゆかず……。苦渋の決断です」

「どうぞ、掛けて」

「まさか雄が死んでしまうなんて……」

雄介は目を何度も瞬いた。

「昨日は電話で、その講演会を絶讃していたのに……。それが夕べ、六時頃でした。夜明けの三時に死んじゃうなんて……。雄ちゃん、やろうとしていたことがあったのよ。それで、その会でとても何かを感じとっていたみたい。死んじゃうなんて」

美奈子は声をつまらせ、涙でぐしゃぐしゃになった顔を片手でぬぐい、ヌルヌルになった手を布巾で拭いた。

その時、雄介の携帯が鳴った。

「あ、和代、しっかりしろ。雄は少し前に、亡くなった」

「えっ」

夫婦の間の底知れぬ悲しみの絶句は、しばらく時を刻んだ。

「もう、雄一郎はいないんだ。親らしいこと、何一つしてやっていない。おふくろに預けっぱなしで、可哀相なことをした。何にも！」

「看護師なんて……看護師なんて……。雄の所に翔んでいって思い切り……思い切り抱きしめたい!! 私何やってるんだろう。あなた、何で耳うちだけでもしてくれなかったの!!」

和代の悲痛な叫びが難聴の美奈子の耳にもこの真夜中の静寂を破るように鮮明に響いた。

「あんなお偉いさんの大手術真只中に、そんなことできる訳ないじゃないか。俺だって、俺だってそばまで、手の届く所に行っても、会えなかったんだ。抱きしめたかったよ……。この二週間、遺体は戻らないそうだ。今、美奈子おばさんの所にいる」

と、携帯を美奈子に手渡した。

「あ、おばさま、雄がいつもお世話になりまして、ありがとうございます」

「突然のことで……。こんな時は、お風呂に入って泣きたいだけ泣きましょ。大声で……」

と、携帯を雄介に手渡して、美奈子はさっきの布巾で、ダラダラ流れ出る鼻水をふきとり、遠慮を忘れて鼻をかんだ。

〝ネットのことは俺に任せて、おばちゃんはおばちゃんの言い分をせっせと書いてください〟

雄の声がいつまでも耳に響く。雄はもういないのだ。雄の無念、雄の叫び、雄のすべてを八十八歳のこの身体全身で受けとめてやりたい夜だった。

四　ひとりぼっち

雄一郎の死は、身体全体に堪えている。

若い頃はひとりぼっちが嫌いではなかった。まわりに、誰もいない、皆が自分に背を向けているような……。これは何と自由、自分らしき世界で自由に時間をつぶせるなどと考えたものだ。淋しさを情緒に変えて詩の一つも創ってみたり、想像の世界で泳いだり、楽しみ方はいろいろあった。今、そんな楽しみ方も錆びついて、ネガティブに流されてゆく自分をどうすることもできない。

記憶がどんどん削がれてゆく。思うように身体が動かない、目が霞む、アキレス腱が痛む。

言い出したら、キリがない。これを「老化」と一言で納めよう。急に来た。ひとりぼっちなんて、沈んでいても、落ちこむばかり。

〝雄、あなたの無念、あなたのあの気力、すべて貫う。年なりに頑張ってみる。『未来の会』は、今は砂利石でも、たとえ歪でも、エリートでもない普通の人間が真剣に叫んでみるよ。この生き甲斐運動、決して断念などしないから。いつかいつか、きっと、きっと……〟

五　舞子の訪問

そんなある日、雄一郎から頼まれていた、彼の婚約者、日比野舞子の訪問を受けた。

「どうぞ、どうぞ」

リビングに通された舞子は、まだ雄一郎の死を知るよしもない。

「突然お訪ねしてしまって、申し訳ございません。お電話したのですが……」

「ごめんなさい、私が補聴器を捜している間に切れてしまったの、すみません」

「いいえ、こちらこそ、雄一郎さんに何度かけても繋がらなくて……」

「日比野舞子さん。雄一郎からたびたび伺っております、どうぞどうぞ」

舞子はヴァイオリンを肩にかけ直し、バッグを持って、すすめられたリビングのソファーに腰を下ろした。美奈子はさっきポットに入れたばかりのお湯でコーヒーを淹れながら、

「アメリカからいつ帰国されるのかと、ずーっとお待ちしてました」

「昨夜帰国したばかりで……あの、雄一郎さんは？」

美奈子はどこから話せばよいのか、頭の中で整理がついていなかった。

「もう何回かけても、繋がりませんの！」

「雄はね、雄は亡くなりましたの」

美奈子は呟くように口の中で語尾を消した。舞子は聞きとれなかったのか、

「ええ？」

と聞き返した。

「あまりに突然のことなので……。私も未だ信じがたくて……。コロナに感染して、亡くなりましたの。もう、かれこれ、三月（みつき）になります」

「亡くなった」

舞子はもうものも言えず、その場に蹲（うずくま）った。しばらくは物体のように動かなかった。やが

て肩が小刻みに揺れ、やがて大揺れに波のように。人目も忘れて号泣した。号泣はいつまでも止まらなかった。

「雄から、あなたのことは聞いております。詳しいことは少し待って、って。その翌日、大きな講演会で感染して、翌日の明け方に、息を引きとったんです」

「死んだなんて……」

消え入りそうな悲しみの声だった。「死んだなんて！」とまた一つ呟いた。

「悔しいけど……これが現実、雄はもういないの！」

美奈子自身、あの悲しみが蘇り、舞子と一緒にまた泣き崩れた。

「本当に、アッと言う間に……逝っちゃった。雄が家族の元に戻ったのが、ついこの間、しかも遺骨で……。葬儀はこれからなの」

舞子は、震える全身を、両手で自身を抱きしめるように抱(かか)えながら、

「雄さんのことは、私、まだ母にも話しておりませんでした。すべては帰国してから雄さんと相談しながら……と思っていたんです。ヴァイオリンなんて……どうでもいい。雄さんと一緒なら……」

美奈子はその肩に手をあて、

「雄のために、大切なヴァイオリンを捨てては駄目!!　ヴァイオリンはあなたの生命でしょ。そんなことしたら、雄は成仏できないわ。もう雄はいないの。悔しいけれど、これが現実。あなたにはコレがあるじゃないの。しっかり、やりとげて。運命の皮肉に負けちゃ駄目！　雄もそう願っているわよ、きっと！」

舞子はまた、全身から絞りだすような号泣を止められず、自身を持て余していた。

「雄は、出会って二回目で、もうあなたと決めていたそうよ」

「私もです。雄さんはナイーブで、何時間一緒にいても、楽しくて……。雄さんは、おば様が大好きで、いつも日本の話となると、おば様がご登場していました」

「そおー。嬉しいわ」

「雄さんは三月生まれ、私が五月生まれ。私が男で、雄さんが女みたいって、よく二人で笑ったんです」

「そう、三月だったわ。三日でなくてよかったって……皆でよく笑ったものだわ」

舞子はやっと少し落ち着きを取り戻したようだった。

若い二人が異国の地で青春を謳歌した。それだけでも、人生の厚み深みを、手の中に早くも掌握した。素晴らしいことではないかと美奈子は決して落胆させたくなかった。

「舞子さん、へこたれちゃ駄目よ。これからも、どんなことが起きようと。人生はね、いつでもコレカラよ。今、みんなが言い出しているでしょ。そう……。いつでもコレカラ。大切なのは、生き甲斐。上手に生きて！」

帰り間際、二人は、両手を固く握り合った。

「いつでも私を訪ねてネ」

舞子の氷のように固まった手が、いつの間に炎のように熱い疼きと化していた。

六　雄一郎のお葬式

雄一郎の葬儀は、コロナ禍真只中のこともあって、人も呼べず、雄介夫婦、雄一郎の妹の香（かおり）夫婦と美奈子、そして友人代表として日比野舞子のたった六人の家族葬であった。舞子は、父親の雄介に事情、事実を説明し納得の上、友人代表としての出席であった。

憔悴しきっている両親に代わって、妹の香夫婦が気を使って、

「おば様、雄兄さんは毎日のようにおば様にお世話になっていたのでしょう。ありがとうご

ざいました」

と、丁寧に頭を深々と下げた。

「いいえ、何にも……。私ばかり、いい思いをして……」

「いいじゃないの。お兄ちゃんの分まで、幸せになって……」

と、そばにいる伴侶の手を香の指にからませた。二人は強く握りしめ見つめ合った。

美奈子は、相手の顔を窺う（うかが）ように、

「香さん、こちら、日比野舞子さん。アメリカで、雄一郎さんとお友達になって」

と、舞子をそばに引き寄せた。

「聞いております。ヴァイオリン、プロ級だよって、いつも嬉しそうに……。妹の香です。帰国したら紹介するよって、兄は言っておりました。いろいろお世話になったのでしょう。ありがとうございました」

若いのに殆ど完璧な挨拶だった。

「日比野舞子と申します。私のほうこそ、雄一郎さんにはいつも元気を頂いておりました」

いつの間にか雄介・和代夫妻も自然にその輪の中に加わっていた。

「雄一郎の父です。これは母です」

と、雄介と和代が並んだ。

「日比野舞子と申します」

「あなたのような方とお友達になれて、雄はさぞ楽しかったでしょう。ありがとう」

雄介は目を瞬きながら舞子の片手を両手でおおった。和代もその上に両手をのばして、

「舞子さん、ありがとうございました」

と、きつくもむように握りしめた。舞子は恐縮して、

「いいえ、こちらこそ、ありがとうございました」

と、その手指の力具合に応じた。雄介の涙は、いつまでも止まらなかった。

美奈子はそっと優しく彼の肩に手を当てた。

七　開き直って

諦めるなんて、できません。どうせ年寄りの気まぐれ、と心の中で誰も笑っているのだろう。どうせ認知症が始まったのだと、皆で笑いの種にして笑いこけているのだ。などと、被

害意識丸出しにひとりでむきになることもある。どうでもいい。人の思惑などどうでもよかった。人は人。自分の心で動こう。やりたいように、残された時間を自分らしく刻んで生涯を閉じたい。迷惑をかけなければ、遠慮はいらない。初心を通そう。生き甲斐の道運動。全国に広めたい。

ネットがいじれない、という最大のハンデを、どう切り抜ければいいのだろう。どんな方法があるのだろうか？　原資が湯水のように使えるなら人も雇える。貯金好きの美奈子だが、ダラダラくずして使うという発想は美奈子にはなかった。

九十にはまだ一年何か月の時間はあるが、この肉体は老いのトンネルをどんどん急ピッチで進んでゆく。面白いくらい早足で……。このすっかり老体と化した我が身は、時には人にも言えない醜態もある。ひとり暮らしでよかったと、ほっと胸を撫で下ろすことも少なくない。家の中を動く程度の動きは絶対確保したい。老体をこれ以上追いつめたくはない。ああ、いっそ白紙に戻そうか、と何度も思うことだが、時間がたつにつれて、また『未来の会』から抜け出せない。全国津々浦々まで生き甲斐運動を広めたい、未だ思いを巡らせている。

今、〝１００年いのち〟のテーマは、全国民に広がり、ブックセンターはそのコーナーで花ざかり、有名無名にかかわらず、あらゆる階級、年代の人たちが書きまくっている。

カルチャーセンター、講習会、はては、区役所までも燃えに燃えている。

100年ラッシュはいつまで続くのでしょう。

八 美奈子の言い分

〝100年いのち〟から急に世の中が騒がしくなってきた。この課題が国民の意識に火をつけた。老若男女、すべてが動き始めた。コロナ以降、社会の仕組みが、一八〇度とは言わないが、すべての形態が変わったのだ。もちろん、変わることは進歩だろう。雄が気負って参加した講演会のテーマは早くも「この変革をどう乗り越える」であった。

難しい理論などは、自分などとうてい歯がたたないことは承知の上で、でも古今東西変わらない、今全く置き忘れられている問題が一つあると思うのだ。教育も心の世界から、ネット重視の世界になってきているように思うのだ。心の世界が根底にあってほしいと思うのだ。

〝今、日本はこのままでは、いけない〟

と、偉い先生方、マスメディア方面からも、たびたび耳にする言葉だ。

今、日常の中までも、考えられない犯罪が我がもの顔で横行してきている。大衆も、ゲームのようにその都度反応してしまう。僅かな金のために、簡単に手を染めてしまう。窃盗、強盗果ては殺人……まで拍車をかけている。心ない人たちの犯罪だ。教育云々を語る欠けらにも及ぶ人格ではないけれど、人間哲学の少しでも、そして人生の生き方、時間の刻み方、相手への思いやり、仕事、生き甲斐まで掌握できるまで辿りついたら理想だ。

小さくても大きくても、自分の人生に生き甲斐を見つけることに、生きる意義を強く感じている美奈子であった。生き甲斐こそ人の幸せの原点という思いを、刻一刻と迫ってくる〝死〟までの時間を、この生き甲斐運動に賭けてみたいと思うのだ。

長い人生の中で、難題にぶつかることがどなたにも多々あるはず。心が折れそうになっても、この〝生き甲斐〟という突っかえ棒が一本胸に嵌まっていれば、自身の片手をどす黒くは染めないだろう。

生き甲斐とは、広がりがあって、どこまでも深く、楽しく、熱く燃えたぎるものだと……。生き甲斐あってこその人生、とネット意識より前から模索していた美奈子であった。

この『生き甲斐棒』とも言える筋金が、国民一人一人の心に、胸に、しっかりと嵌まってくれれば、いじめも、自殺も、ハレンチ犯罪も、少しずつでも減少してゆくはずだ。

生き甲斐の本質、効果を知らないことは一生の損失、と誰にも知らせたい。いつでも、模索してみようと勧めたい、全国津々浦々まで……。と今日も思うのだった。

九　めぐり逢い

ここ二、三日、気温の変化が激しく、昨日は汗まで流したが、今日はまるで冬の到来かと思うほどの寒さだ。腰痛がまた耐えられないほど活発に暴れ出して、手足は氷のように冷たく、しびれがことさら酷かった。重い足を引きながら五反田のペインクリニックに向かった。今日の痛みは半端でなかった。席を譲ってくれたのは、黒装束のイスラム系美人。

美奈子は「ありがとうございます」とその親切に甘えた。女性は仲間の三人の男性と英語で語り合っている。やがて五反田の駅に着き、女性はまた「お持ちしましょう」とカートに手をかけ、一緒にエスカレーターで外まで運んでくれた。クリニックの方向の交差点は長く、男性たちはもう長い足でとうに渡りきっているが、美奈子の足がのろく、女性は少し足早になった。

「ありがとう、ここまでで結構です」

と、美奈子がショッピングカートを自分のほうに寄せると、女性はその手を払いのけるように強い力でカートを持ち直し去ろうとする。驚いた美奈子は、

「No Thank You」

と、大声で必死にカートを取り返した。女性はなおも手を離さない。すると後ろから、

「『No Thank You』と言っているじゃないか！」

と、男性が怒鳴った。女性は手を離し、脱兎（だっと）の如く走り去った。

「ありがとうございました」

と言いながら、二人の男と美奈子はやっとその長い交差点を渡りきった。

また「ありがとう……」と言いかけて、背の高い一人のほうを見上げながら、ハッと胸がつかれ、息が止まりそうだった。成人男性のような、まだ少し少年ぽいというか、この顔に見覚えがあった。あれは、二、三年前、恵比寿の駅で助けた少年に似ている、と瞬間思った。ずいぶん大人っぽいので、思い違いかと……。

「ありがとうございました。ずいぶん凄い力だったわ」

「ホラ、さっきの男たちとあの女、ホラ、あの角、今曲がったよ」

と、背の少し低いメガネのほうが指さした。

「あいつらさっき『先に行ってるから、早くしろ』と英語で話していて、僕の耳に入ったんです。で怪しいと思って後をつけたんです」

と、色白のほうが言った。

ねらわれる理由もないのに……と美奈子は思ったが、ふと左腕に視線を下ろし、姉に貰った高級時計に気付いて、思わず手を引いた。

「カフェで、少し休みましょうか。そうさせて……」

「よろしいんですか？」

「もちろんよ。本当に気をつけなければ……。もしこのまま持ち去られたら、身動きできませんもの」

美奈子はフッとため息をついた。

「僕はH高校二年生の志村徹（しむらとおる）といいます者です」

「志村徹さん」

「家はラーメン屋です」

と、磊落（らいらく）に笑った。

「僕は、松田翔馬（まつだしょうま）といいます。家は青山通りで病院やってます」

と、いっぱしの大人っぽい挨拶をした。恵比寿駅で電車に飛びこもうとした子に相違ないと思うが、そのことはおくびにも出さない。まるで別人のように明るかった。

美奈子は『未来の会』の名刺を一枚ずつ手渡した。二人は顔を見合わせて、「未来の会」と呟いた。しばらくすると、

「『未来の会』ってどんな会？」

と、今度は翔馬が目を上げた。

美奈子は、こんな成人にも満たない高校生に言っても仕方ないと思いながらも、

「『未来の会』は、生き甲斐探しの交流会なの」

と説明を続けた。

「生き甲斐とは、幸せの原点と私は思っているの。人は誰でも生き甲斐も持つべきだと、そんな風に発展させてゆきたいの。若い人たちの考えを聴かせて。連絡ちょうだい。いつでもいらっしゃい」

「いつでもコレカラ」と、のっぽのほうが口の中で呟いている。それから二人は何度も振り向いて、何度も手を振った。美奈子は、翔馬なる人物は、あの時の子だと確信した。

〝いつでもコレカラ〟

同じフレーズを互いが同時にこだわるなんて、めったにあり得ない、絶対にあの子だ、と美奈子は思った。あの時の少年。あれから二年が過ぎている、まるで大人に成長している。

「諦めたら負けよ。いつでもコレカラ」

自分はあの時、そんなような言葉を翔馬に言ったような気がする。

十　親の夢、子供の夢

翔馬の父は松田翔太郎（しょうたろう）といい、青山通りで二代三代続いている青山総合医療センターという総合病院の院長である。父親が早くに亡くなり、若いうちから医学の道を義務づけられていた。それ故、長男翔馬のこの道への期待は絶大で、翔馬が高校に入学した頃から拍車をかけて、息子を雁字搦め（がんじがら）に追い詰めてきた。何よりその親譲りの頭脳明晰ぶりに、期待をかけるのも無理はない。翔馬は逃げ出したかったが、逃げることも、足をからめて許さない。どこまでも息子に医者の道を迫る両親に抗しきれず、自殺を試みるが、美奈子に助けられ失敗に終わる。その後、悶々と時を過ごす。

ある日、有名ホテルのフランス料理長を務める坂本と知り合った翔馬は、兄のように慕い、心の付き合いを重ねていった。貧しい生まれから一流コック長にまでのぼりつめた、その坂本の苦労と生き方に魅せられ、なおも深く嵌まってゆく。

「自分の道は、自分で決める。当たり前のことだ。自分で決断だ!!　男だろ！」

と、坂本に背中を叩かれた。

「美味しいフランス料理を、ご馳走しましょう」

と、彼の仕事場のホテルで出されたその味が忘れられず、今、コックの道を頭の中で模索している翔馬であった。

両親はまだ、そのことを知らない。あの狂気にも似た父親の押し付けに、殺してやりたい衝動を必死で揉み潰している翔馬なのだ。

なぜ、フランス料理なのか？　なぜコックなのか、その歴然とした証明にまだ達してはいない。が、なぜかフランス料理へのこだわりを捨てきれず、高価な料理の食べ歩きはできなくとも、ランチの食べ歩きに余念がない。料理の本も欲しかった。そのため月三万円の小遣いを五万円にと母親に値上げの要求もつきつけて母親を戸惑わせている。

徹はそんな翔馬の無二の親友である。

「翔馬は可哀相な奴なんです。おやじの期待が大きすぎて。あいつ、全然その気がないんです。医者はやりたくないって言っているのに、あの父親はひとりで決めているんだ。俺なんか、本当に恵まれてます。ラーメン屋だから」

「徹君も翔馬も、自分らしき本当の自分の道を考えてください。それが本当の〝生き甲斐の道〟……。これは正に『未来の会』の後継者だね」

と、美奈子は軽口を叩いて笑った。

翔馬は父親と二、三日前、大激突した。

「あんな一流校にも入れて、高校生になって、自分の行くべき道も決められないでどうするんだ。医学部に入って父さんの病院を継ぐのが一番成功の近道なんだよ」

「いくら話したって時間の無駄だ。平行線だもの。僕は医者にはならない。なれないんじゃなくて、ならないんだ！」

翔馬は思い切り絞り出して叫んだ。

「屁理屈を言うな、自分の頭のハエも追えんくせに！」

「僕には、やりたいことがあるんだ。父さん、母さんに言っても、絶対わからない。わかってもらおうとも思わないよ！」

翔馬はブチ切れて、いつものカバン一つ抱えて家を出た。

「医者になれないんじゃない、医者にはならないんだ！」

翔馬はこの時、生まれて初めて、父親とまともに、真正面からぶつかった。生まれて初めて、家を出た。どこへと言えば、徹しかいなかった。

「フランス料理、本当に信じているなら、それは自分の道なんじゃないか。父親とかエリート階級に反発が少しでもあるなら、それはもう一度考えたほうがいいよ。お前を見ていると、だいぶ前からフランス料理にこだわっていたな。何であんな高い料理食うのか、さっぱりわからなかった。俺はおやじの後継いでラーメン屋になると決めているんだ。おやじのつくり出したあの鳥ガラのさっぱり味、ちょっと他の店のと違うんだ。そこに隠し味が加味されて、あの味を世間に広めたい。通販で……。小さな夢だけど、きっとやってみせる」

二人はどちらともなく握手の手をさしのべて、

「コック仲間だぜ……」

「いつでも、コレカラ……あの人、桐生さんに恵比寿で会ったときに耳元で言われて、あの時は意識が朦朧としていたけど、あれからずーっと、いつでもコレカラ、いつでもコレカラ、と念仏みたいにくり返していたよ」

「桐生さん、俺、あの人大好きだ。この借りてきた原稿、いちいち納得でさー、深みがあって、嵌まっちゃうよ」

　と、徹は目を細めた。

「高校卒業したら、コック見習いだ」

　翔馬には姉が一人いる。これがまた頭が良くて、医学生である。父親の希望を、この姉に移行させ、親には納得してもらうしかないと、翔馬は心に決めている。

　徹の母がモコモコと湯気のたった出来立てのラーメンを持って三階の徹の部屋に運んできた。

「お腹すいたでしょう。さあ、のびないうちに召し上がれ」

　とテーブルにのせた。

「ありがとうございます。父とやり合って、夢中で出てきちゃったんです。すみません、ご迷惑おかけして」

翔馬は、こんな時は人が変わったように礼儀正しかった。

「狭い所ですけど何日でもどうぞネ、遠慮なさらず。あとは肉まんと餃子でいいかしら、何でもお好きなもの言って。さっきお母様からお電話頂きました。すべて了解を得ております」

と、母親は下りていった。

ラーメンの味は言うとおり五臓六腑まで沁み渡り、若い二人は次に届いた餃子も肉まんも見事にたいらげた。

興信所に頼んでおいた翔馬の行動の報告書が届き、翔太郎はその内容に青ざめた。翔馬は土曜の二時には、ここ数回、恵比寿の八十八歳の桐生美奈子という女性を訪ねている。

「いったい、どういうことだ。九十近いばあさんの所に、この一か月に四回も通っているそうだ。もう一人高校生が一緒だって、あのラーメン屋の息子じゃないのか」

「九十近い老婆……なんて、狂ってる。どうしちゃったのかしら」

母親もア然として口を開けて何も手につかない。

「あのバカ、何をやってやがるんだ！　受験勉強もしないで、何が面白くて、そんな、ババアの所に行くんだ。バカ者がっ！」

怒り心頭に発して、立ってはいられない。

「もしかして宗教……？」

「怪しいぞ、怪しいぞっ。あいつ何時頃帰ってるんだ？」

「九時か十時には帰っているわ」

「土曜の二時って、ここに書いてある。何時間も何をやってるんだ。明日土曜だ、ちょうどいい。行ってみよう」


その日、美奈子は翔太郎の突然の訪問を受けた。

「私、松田翔馬の父です」

と、名刺をさし出した。

「ああ、お父様。少々お待ちください。今お呼びいたします」

と言い終わらぬうち、

「あなたネ、あんな、あんな子供を、まだ高校生ですぞ。どうしようと言うんです⁉」

と、怒りをブチまけた。

「どうするって？　ちょっとお待ちください。翔馬君！」

と、大きな声で呼んだ。

徹はヘッドホーンをつけて、音と画像の調整にかかっていた。翔馬が何事かとこちらに視線を移した。

「お父様よ」

美奈子はそばに寄って小声で知らせた。

「えっ、父が！」と、翔馬が玄関に出た。

「お前は高校生の分際で、何をやっているんだ！　勉強もほったらかして」

と見るなり、翔太郎は息子の頬に一撃を加えた。驚いて美奈子は、

「どうぞ中へ、どうぞ、どうぞ。中でお話しいたしましょう」

と、リビングに促した。

「あなたネ、こんな子供たちをどうしようと言うんだ！」

翔馬は美奈子に詰め寄る翔太郎にたまりかねて、

「何を言うんだ、失礼じゃないか！」

と、大声で父を罵倒した。徹がパソコンからこちらに目を移した。

「徹君！　お父さん、お母さんは知っているのか？」

と、翔太郎も息を荒々しく、迫った。

「知ってますよ。アルバイトです。な」

と、翔馬に念を押すように言った。

「ああ」

と、翔馬は大きく頷いた。

「どうぞお掛けください」

「いや、すぐつれて帰ります」

と言いながら、また口の中で「いい年をしていったい、どういうつもりなんだっ！」と言葉をかみ殺している。

「父さん、だまれ!!」

翔馬が思い余って、父親の胸ぐらをつかんだ。その時、徹が立ちはだかった。

「おじさん、桐生さんは、翔馬の命の恩人なんですよ！」

と、低い声で、相手に何も言わせない威圧感を与えながら叫んだ。

「なに!!　恩人？　命の？　どういうことだ」

「おじさん、翔馬が悩みに悩み抜いていること知ってます？　恵比寿の駅で、翔馬は電車に飛び込もうとしたんだ！」

美奈子は驚いて二人を見た。あの時のあのこと、わかっていたのだ。美奈子は胸がじりじりと縮(ちぢ)んだ。

「なに！　飛び込む？」

翔太郎は度胆(どぎも)を抜かれ、口唇をへの字につぐみ、息子と美奈子を交互に見つめた。

しばらく不自然な沈黙が続いた。

「誤解があるようですネ。翔馬君、お家に帰って、お父様、お母様に誠意をもってご説明して、わかっていただきなさい」

と美奈子は、翔馬の肩を優しく叩いた。翔馬は頷いて、

「そうします」

と、翔太郎を玄関に促した。翔太郎は憮然として、

「さっぱりわからん！」

と、首を左右に振りながら、不本意を消しきれぬ顔で、靴を履いた。

「桐生さん、すみません」

翔馬は深々と頭を下げ、視線を徹に向けた。

「あと、頼むな」

「あとは任せておけ。無責任なことはしないから」

と、徹が自身の胸を叩いた。


その夜から翔馬は姿を見せなくなった。徹も事情がわからなくてイラだっている。翔馬は学校もずっと休んでいる。電話も通じない。徹は、少し様子を見ようと元のリズムに戻って、

「桐生さん、このフレーズは呼びかけだから大きめにして、真ん中にもっていったほうがいいんじゃないですか？」

徹は、文字の位置、配列や、言葉の言いまわしなどもはっきりと聞きとれて、そのハスキーボイスが耳からどんどん心の中に吸収されてゆくようだ。

「徹君と翔馬君は、クラスで一、二を争う存在だって、この間の一緒に来た誰かが言ってたけど。試験が迫ってきたら、こちらはお休みでしょ？」

と、それとなく打診してみた。

「俺、大学はどうかなと思ってるんです。ラーメン屋は、やっぱりラーメン屋でしょ。父はお前の一人ぐらいどうにでもなる、受験しろって言うけど、父さんも安心するだろうし……気楽、気楽」

「でもネ、このネットのために方向を間違えては駄目よ。やっぱりお父さんのおっしゃるとおり大学に進学したほうがいいのじゃないの。ここは自分を見失わず、しっかり見届けなければ」

美奈子は、徹の父からも大声で注意を受けるのでは、と少し心配なのである。

「翔君大変ネ、ああ期待されたんじゃね」

「桐生さんに助けられて、あいつ、あまり表現しないけど、とってもありがたく思っているんです。あのイスラムの事件の時も、あいつ、あなたを見た瞬間から、絶対にあの時の人だ、『人生はいつでもコレカラ』って言ってくれた人だって、確信をもって桐生さんを見守っていました。だからあの女性から目を離さなかった。案の定あの始末。少しは恩返しできてとても嬉しかったみたい。でも桐生さんとは俺まで知り合いになれて、こんな楽しい仕事貰ってよかったたです。体操のほうは来週にもできてきますよ」

美奈子は思わず顔がほぐれ、

「ありがとう、早く見たい。おいくらお払いすればいいのかしら、教えて」

「インストラクターのほかに三人とあいつと計五人で、〝安くしておけ〟って言ったら一人五千円でいいって言ってました」

「じゃ二万五千円ね、お安くしていただいてありがとう。じゃ五万円用意する。徹君、あととっておいて……」

「僕は……」

「いいえ、そうして。いつもいつもお願い事ばかり……。こちらも甘えるばかり……。本当にありがとう」

徹は無邪気に笑って、頷いた。

「大学、ためすだけでも、やってみたら……」

「ためすだけか」

と、大きく息をついで、それから話題を翔馬に変えた。

「翔馬、フランス料理のコックになりたいようですよ」

「ええっ！　フランス料理のコック？」

と、美奈子は思わず奇声を発した。

「ここ二、三回、あいつにフランス料理をご馳走になったんだ。なんで、あんな高い料理食べるのか不思議だった。そしたらポツリと『俺、フランス料理のコックになりたいんだ』って。自分でもわからない、ただ父親の言うなりに動かされたくなくて……って」

「たとえ親子だって、自分を殺して親の思いどおりに振り回されるなんて、今時、流行（はや）らない。彼が反乱を起こしても無理はないわネ。でも、自分を見失わないでほしいわネ」

「翔馬、卒業したら、フランス料理の下働きだって言ってる」

「お父様のプライドが許すかな」

　まだまだ続く親子の対立と思いきや、それから一か月が過ぎた頃、翔馬が両親の説得に成功したらしい、と徹から連絡が入った。それから十分もたたぬうちに、翔馬自身から連絡があり、「今日五時頃、報告と御挨拶に伺います」と言う……。多くは語らなかった。

　やがて、時計のように五時ぴったりに、翔馬は一人で現れた。

「翔馬君、どうしていたのよ！」

「すみません、連絡もしないで」

「学校も休んでいるって、徹君心配していたわよ」

「桐生さん、僕ヤリました」

玄関での挨拶もそこそこに、美奈子に子供のように無邪気に抱きついた。

「どうしたの、やりましたって……」

「今度ばかりは、父さんの敷くレールに乗っちゃいました」

「何？　レールって……」

翔馬は勝手知ったるリビングを見廻しながら、

「なつかしいな、三週間ぐらいかな。御無沙汰して、すみませんでした」

と、手にしている紙袋をソファーに置いてから、

「桐生さん、僕やりました！」

と、またずいぶんと大声であった。

「レールって……何？」

美奈子は核心を急いだ。

「院長の長男が今時、高校卒で大学に進まずコックの下働きじゃ、父さんの顔がたたないんでしょ。で、パリの発想になっちゃった。でもいつまでスネていられない、そんな甘えは許されないから、今度は彼の戦略に乗りました。僕一人じゃ誰も相手にしてくれないのはわか

っていたから。向こうの学校で勉強しながら、コックの見習いを引き受けてもらったんです。素敵な店だったナアー。セーヌ川添いにあるんです。父さんの古い友人がやっている店なんです」

「行ったの⁉」

美奈子は驚いて立ち上がった。

「行きました。コックの見習いを五年頑張っても、大学卒業そこそこでしょ。その時、帰国したら、病院の最上階に、お前の店を用意するって言ってくれたんです」

「すごい‼　すごいじゃないの。お父様はただの頑固おやじじゃなかった。お父様は医者であり、アイディアマンであり経営者。この年月はあなたにとって一番大切にしなければ。この時期、あらゆることが学べる。語学、学校の学び、フランス料理、人生、すべて、深く深く収得してらっしゃい。お父様を喜ばせてあげて……」

このチャンス、勝ちとった彼を祝福したい、乾杯したい、と思わず涙で頬が痒かった。

「よかった。あなたのコレカラにワインで乾杯よ」

と、美奈子は壁の棚からボトルとグラスを取り出した。

「徹君もいると、良かったネ」

「誘ったけど、遠慮するって……。あいつ、受験の勉強始めてる」

「そう！　良かった。翔君、あなたのようにそんな恵まれた人ばかりじゃないっていうこと、しっかり頭に入れてネ。たとえ不本意なことがあっても、何かに失敗しても、ブレない心を忘れないで頑張りなさいネ」

　美奈子は、今舞い上がっているように見える翔馬に一言言わねばと、よくよく八十八歳の老婆心で念を押したのだった。

　翔馬は「ハイ」と重く受けとめていたのか、言葉は少なかった。

「翔君とも五、六年会えないのネ。私も頑張らなきゃ」

　寂しかった。雄とは永遠の別れであった。

　寂しい風に美奈子は丸ーるい背骨をまた、丸ーるく縮めた。

「僕、『未来の会』も少し落ち着いたら、あちらでグループつくってみようと思います」

　と、翔馬が言った。

「えっ、本当に！」

　美奈子の声が一瞬上ずった。

「桐生さんと僕は、すさまじい実績があるからな。桐生さんの理論は、僕の教科書みたいになっちゃった。本当に、あの時恵比寿で、桐生さんと出会っていなければ、僕は今ここにいないか、身も心もズタズタになっていた。僕にとって桐生さんは神様です」

翔馬の目が濡れていた。

「翔君徹君、二人共、この会にとっても、私自身にとっても大切な、大切な人。生き甲斐運動、絶対成功させたい。よろしくネ。私も頑張る。体操ができ上がってくるのよ。『未来体操』ってどうかしら？」

「未来体操、いいですネ。リズムものれて身体が動いちゃうけど、詩も大好きなんです」

それぞれの道で咲かそう
希望の花を　枯れない花を
老いも若きも　キラと輝いて！

「三番が大好き。パリでも歌ってみよう」

こんな弾けるような翔馬は初めて……と美奈子も心の中まで若い翔馬に引きずられていた。

「これ、父からのお土産です。それと手紙。こっちは僕の土産です」

「ええ？　翔馬君が元気を取り戻した、それだけでもう充分なのにお土産まで。ありがとう、お父様にも宜しくお伝えくださいネ。もちろんお手紙も書きますけど」

「はい。父も何だか急に年をとったみたいです」

「すべて君が原因でしょ。孝行したい時に、親はなし、なんてことにならないで……。優しく、優しくネ」

翔馬は少しシュンとして頷いた。

こんなステキな日はめったにあるものではない。お土産はシャネルのバッグ、翔馬からはシャネルの香水であった。何とゴージャスな親子なのか、自分のケチケチ人生にひとりで頬を赤らめた。

桐生美奈子様

前略
息子の大切な命を救っていただいた、命の恩人にあのような御無礼、平に平にご容赦のほど、お願い申し上げます。

我が身を恥じ入っております。

これからは、息子主体に、親として、何ができるか、考えてゆきたいと思います。

ありがとうございました。

どうぞこれからも、息子共々おつき合いのほどよろしくお願い申し上げます。

敬具

○月○日　　松田翔太郎

十一　変化は進歩

『未来の会』は、初めから日本全国を対象に考えていた。そして〝生き甲斐が、人の幸せの原点〟をテーマに、考える会を立ち上げたつもりが、途中で全国と生き甲斐にケチが付いた。身の回りからと多くの人から忠告を受け、やがて反感に火がついた。そして対象を老若男女すべてからシニア以上に変えてみたり、コロコロ変わるこちら側の杜撰(ずさん)さに呆れ果て「こりゃ駄目だ」などと相手の含み笑いが恥ずかしく、辛く、心が沈む。どこまでも、と憔悴しきっていた時、あのテレビ出演に舞い上がり、雄一郎が開いてくれたネットの世界の広がりに胸がワクワクと動き始めた矢先、あの雄の全く突然のコロナ死であった。ネットの操作は複雑で覚えられない。ほったらかしで、書きっぱなしの原稿が無意味に積まれてゆくばかり。

翔馬と徹との出逢いがなかったら、今このように諦めず細々でも続けていられたか？　人生の不思議な巡り合わせに以前は気付かなかった。「ありがとう」の一言を大切に胸に秘め、時には連発して楽しんでいる美奈子であった。

『未来の会』はそれぞれの人の力を借りなければ前には進んでゆけないものであろう。ひとりよがりではなく、あらゆる人のそれぞれのユニークなアイディア、積み重ねた経験から、いろいろな生き甲斐を模索してもらおう。自主運営で、そのやり方はリーダーの自由、テーマは生き甲斐、道に外れた行為は除名、ひとりよがりの儲け主義も除名、ただし儲けることは決して吝かではない。収益は関知しない、リーダーは月幾許かの決めた会費を本部に納め、集めた会員の名簿を正確に伝達する。本部はそれぞれの成果をイベントで発表、リーダーは全力で参加、会を盛り上げる等々。美奈子の錆びついた脳みそが少し回転し始めた。

　入金の少ない、と言うよりは全くない、この通帳を何とかしなければ動けない。

『未来の会』は、今最小限としても、美奈子の年金だけでは賄いきれなくなるのは、目に見えている。だからと言って、ダラダラと貯金をくずすのも芸がない。ネットを徹に任せてからは、そのことが瘤のように固まった。能なし！　と自分に叫んだ。母なら、こんな時、どうしただろうか？　若い頃もっともっと巾広く経験を積むべきだった。などと後悔の臍を噛むことばかり。凡庸なこの頭どうにかして、と叫びたい。「生きる」とは経済が一か心が一か？　天秤には掛けられない、持ちつ持たれつ、揺るがぬテーマで全うした過去の偉人たちは神様。もちろん、苦しい、空しい迷いのプロセスから育まれた結果の揺るぎない存在に、人々は共感し感動するのだろう。ともあれ人生は迷い道、迷って当たり前、迷って迷って、迷ってこそ、真実に近くなる。迷いは進歩、と思うことしか道はない。まだまだ道は遠く、迷いの道は続く続くと、覚悟の衿を正す美奈子であった。

十二　ハルさんの笑顔

ある日、珍しくハルさんが訪れた。ハルさんは母奈津の秘蔵っ子で、きもの全盛の頃から母の片腕であった。どちらかと言えば、内面的な静かな人だった。美奈子とはだいぶ年の差はあったが、年上かと思えるほど落ち着いた人だった。

そのハルさんが珍しく歌までこぼれてきそうな笑顔で、

「息子が社用で人形町まで来たからって、会いにきてくれたんです」

「お仕事は？」

「サラリーマンです。電気メーカーの営業をやっているんです」

「何か良いことあったのネ」

「ええ、まあ……一緒に暮らそうかって言ってくれたんです」

「まあ、そうだったの、それはおめでとう。今時めったにない親孝行、苦労した甲斐があったわネ、ハルさん」

「七十三も過ぎましたもの」

「まだ若い若い。私こそ九十に届こうという年よ。足腰、記憶力、耳も目も、もう老化も突き当たりよ」

「お若いわ。私なんて最近、先のこと考えると心細くて心細くて……」

ハルさんは、それでも嬉しさを隠しきれず、

「『放りっぱなしで、ごめんなさい』なんて、あの子ったら……」

と、涙声になって肩を震わせた。美奈子は、そっと肩に手を当てて、

「幸せな人」

二つほど軽く叩いた。

郵便はがき

料金受取人払郵便

新宿局承認

2524

差出有効期間
2025年3月
31日まで
（切手不要）

160-8791

141

東京都新宿区新宿1－10－1

（株）文芸社

愛読者カード係 行

ふりがな お名前			明治 大正 昭和 平成	年生 歳
ふりがな ご住所	□□□-□□□□			性別 男・女
お電話 番号	（書籍ご注文の際に必要です）	ご職業		
E-mail				
ご購読雑誌（複数可）		ご購読新聞		新聞

最近読んでおもしろかった本や今後、とりあげてほしいテーマをお教えください。

ご自分の研究成果や経験、お考え等を出版してみたいというお気持ちはありますか。

ある　ない　内容・テーマ（　　　　　　　　　　）

現在完成した作品をお持ちですか。

ある　ない　ジャンル・原稿量（　　　　　　　　　　）

書　名				
お買上 書　店	都道 府県	市区 郡	書店名	書店
			ご購入日	年　　月　　日

本書をどこでお知りになりましたか?
1.書店店頭　2.知人にすすめられて　3.インターネット(サイト名　　　　　　　　)
4.DMハガキ　5.広告、記事を見て(新聞、雑誌名　　　　　　　　)

上の質問に関連して、ご購入の決め手となったのは?
1.タイトル　2.著者　3.内容　4.カバーデザイン　5.帯
その他ご自由にお書きください。
(　　　　　　　　)

本書についてのご意見、ご感想をお聞かせください。
①内容について

②カバー、タイトル、帯について

弊社Webサイトからもご意見、ご感想をお寄せいただけます。

ご協力ありがとうございました。
※お寄せいただいたご意見、ご感想は新聞広告等で匿名にて使わせていただくことがあります。
※お客様の個人情報は、小社からの連絡のみに使用します。社外に提供することは一切ありません。

■書籍のご注文は、お近くの書店または、ブックサービス(0120-29-9625)、セブンネットショッピング(http://7net.omni7.jp/)にお申し込み下さい。

心細くて、寂しくて、ひとりで思い詰めていたのかもしれない。奈津が逝ってから、長い年月、月十万円を律儀に振り込んでくれていたハルさんだ。退職金のようなものも払わなければと思いながら、空き家になったあとのこと、どうするか？　と胸が重かった。ハルさんは二度、三度、嬉しさを隠しきれず笑顔で、声までも鳥のさえずりのようだった。

十三　美奈子の決断

ハルさんの笑顔がこぼれたあの日以来、空き家になるだろう、あの古き実家をどうすればいいのかと、『未来の会』と並んで、またもう一つ瘤(こぶ)ができた。奈津が父親から貰った倉庫を建て直して以来、もう何十年も過ぎている実家である。きものの仕立、直し、そして着付などと発展させていた当時は、ガヤガヤと人の出入りも激しく、家族のぬくもりもあった家であった。加奈子が結婚のため去り、その後、奈津と美奈子の生活はかなり長く、奈津の弟子たちもきもの衰退の時代に突入し、ハルさん一人が残った。美奈子は奈津を見送ってからは美奈子のマンションでのひとり暮らしが始まった。

あの思い出深い実家が、今無人になろうとしている、何とかしなければ。

いっそビルにでも……など、大それたことを考えてみたり、〝売ればいくらでも使えるよ〟などと危険な思想が脳裡を迂回した。実際『未来の会』には、原資がない。自分の立ち上げた会ではあるが、心の世界を打ち出すことは、実に頼りない世界であった。要するに、現実的でない、夢の世界なのだ。

親譲りのドナーが無駄遣いを許さない、使い方に問題がある、と美奈子は心得ている。

ハルさんからは、その後何の連絡も入らなかった。いろいろ仕度があるのだろう。

美奈子はまた捨てきれない『未来の会』の行く末を考え続けていた。

またツルルと電話が響いた。先週も掛けてきた〝先駆け不動産〟であった。

「街全体ビル化をと、中央区でもいろいろ受け入れております。方法はいくらでもございます。ぜひ一度考えるだけでも」

美奈子は心が震えた。

年金だけで『未来の会』を仕切るのは、所詮、無理な話、いずれ閉じなければならない時が来る。徹は頑張ってくれている。しかしやはり経済と両立！　それが基本なのだ。だからと言って目処の立たない自分の夢に、確たる自信の裏づけもなく、なしくずしに使うことは能がない。話だけでもと、先駆け社の社長臼井健太郎に打診してみた。もちろん押っ取り刀で飛んできた。

二階から五階まで事務所、六階が美奈子の居住スペース。一階は貸席で、展示会画廊、談話室、多目的に利用。昔勤めていた隣のビルの繁華な営業をいつも胸に留めていたせいか、自然のリズムで、いつか自分も経営してみたいと思うことがたびたびあった。

壁は少々高めで、窓は上のほうがこの場合都合がよかった。外側ではその窓の下の部分を花屋に貸そうと思っているのである。そんな人にも言わず抱えていた夢想を今一気に伝えている自分の半面を、初めて自分で意識した。

「桐生さん、六階建てならマンション六軒買ったのと同じです。貯金するより、投資です。投資もいろいろありますが、不動産が一番間違いがありません。お力になりますよ」

美奈子は一瞬ぞっとした。不動産関係はいろいろと問題が多い、疑ってみる必要がある、と猜疑心がメラメラと訳もなく膨れ上がってきた。悪いと思いながらもある調査会社に早急に調べてもらうと、創業五十年、何の問題もないと言う。

「無理でもやってみよう‼」

自分でもどうにもならない燃えたぎる心をおさえることができず、決断は電光石火、不足の部分はこのマンションを売却し解決、である。もう決めた。

「母さん、やるからね、負けないよ」

久し振りに仏壇に手を合わせた。

ハルさんも息子の元に引きあげると言う。決断はいっそう速度を増した。建築会社は丸太組、提携している中堅の有名建設会社であった。

十四　ハルさんの決断

ハルさんから電話が入った。

「今日、お伺いしても、よろしいですか？」

「今日、私行こうと思っていたの」

「じゃあ、お待ちしています」

「お昼、一緒にどう？」

「ありがとうございます」

やけに沈んだ声だった。同居の話が御破算かな？　まさか！　などと軽く笑って、十二時で約束をした。

隅田川を控えたこの界隈一帯は、まだ少し昭和の名残を感じる木造家屋がビルのすき間からチラホラと顔をのぞかせている。

実家とはいえ、もうこの家も限界である。家族の楽しかったあのぬくもりは、思い出の中に収め、この家の解体に今心を馳せている美奈子なのだ。

ハルさんは整理した自分の荷物の紐を解いていた。

「すみません、美奈子さん、この前のこと……撤回しても、良いでしょうか？」

「どうしたの、撤回は構わないけど」

もう大方の察しはついていた。

「子供なんて、子供なんて、要らないわ。もっとも、大学も出してやってないから」

ハルさんは唇を噛んで目が濡れていた。

「じゃ戻ってくれるのネ！」

と、美奈子は軽く背中を叩いた。多くは聞かなかった。

「いいんですか？」

と、ハルさんはこぼれそうな涙を指でおさえながら顔を上げた。

「ハルさんがいなければ、困ることが起きたの」

「えー？……私何だってやります、お願いします」

「こちらこそ。実はね、ここ六階建てのビルにするの。ハルさん、管理人やって」

「管理人！　私にできるのでしょうか？」

「できます。ハルさんは頭のよい人、お願いします。仕立も着付も続ければいいわ」

「えっ、いいんですか？」

「OKよ。でも私の仕事第一に考えてネ」

「はい、何でもします」

ハルさんは甦ったように元気な笑顔を見せてくれた。


地鎮祭の日が早くも決まった。ハルさんは、自分の荷物はあの同居の話の時のまま紐を解かず、ほかの片付けに集中している。二十五坪六階建てのビルの完成まで、美奈子のマンションで一緒に住むことになっている。ボロ家の解体は幾日もかからなかった。

ひとりで生きる、ハルさんはそう決めたらしい。家族への期待を早くも閉じたのだった。

十五　地鎮祭

たかだか二十五坪の地面に建つ小さなビルなのに、美奈子の生涯一度の大冒険であった。このことがきっかけで、生まれてこの方疎遠であった母奈津の実家の家族と交流ができた。

「何か難しいことが起きたら、うちにも息子がいることだし、相談に乗るから」

と、母奈津の弟で和菓子屋を営んでいる叔父敬太郎の祝辞代わりの言葉があった。

「奈津姉さんの時は時代が時代だし、おやじが怖くて、姉弟（きょうだい）なのに何にも助けてやれなくて……。姉さんは大変な苦労だったと思っていたよ」

「母は、人の三倍働いていました。でもおじいちゃんから、この土地、家屋を頂いて、とても感謝しておりましたの」

「美奈子さんはいくつになった？」

「八十八歳。大きな声じゃ言えないのですけれど……」

と、美奈子は笑った。

「へえーっ、若いネ」

「叔父様こそ、おいくつに……」

「もう百を三つばかり越えたよ」

「ええーっ、叔父様こそ、お若いわ。言葉もはっきりしていらっしゃる」

「人生百年、とうとう生きちゃったよ。これでも餡の仕込みは、毎朝一番に目を通しているよ。それが俺の生き甲斐なんだよ」

驚いた。この年の人から生き甲斐という言葉を聞こうとは……。

徹がお祝いに、親がもたせたラーメン、餃子セットの箱を手渡した。

「ありがとう。お父様、お母様に宜しくネ。あっ、これが、徹君がこだわっているラーメンネ。今夜ハルさんと餃子で一杯頂くわ」

「凄いな、でっかいな、桐生さんて」

「何、寝言言ってるの、大変なんだから……。試験は?」

「二次が来週」

「えっ、一次、受かったんだ、何で言わなかったのよ」

美奈子は本気で徹の肩を叩いた。

「だって、桐生さん、すごく忙しかったでしょ。それに静かにしていたかったんです」

「そうネ、あまり騒いじゃうと、ネ。すべて終わってからだわね。二次試験、頑張って」

「もう運を天にまかせてる。どうにでもなれだ」

「今が正念場でしょ、頑張って」

「頑張りません、自然にまかせます」

「駄目、最後までブレないで……『未来』のほう休んで……。ポシャラないで」

「はーい、わかりました」

と、徹が笑いながら、また「凄いな！」と口の中でくり返している。

十六　夢を追いかけて

浜町桐生ビルの工事は段取りどおりに着々と進められているようだ。

「屋上にとんがりお屋根の時計台でもあったら、ちょっと話題ね」

と、美奈子が調子にのって冗談をとばして笑った。

「外枠の箱だけならサービスしますよ。時計のほうはそちらで買ってくれるなら……。デザイナーにデザインさせて、ちゃんとしたものをプレゼントしますよ。電気工事まで、やりますよ」

と言って、社長の臼井はもう一度、「プレゼントですよ」とつけ加えた。

「本当に？　本気にしますよ、正直者だから」

と言ってから、アレ……？　ああそうだ、これはテレビ局の筈見(はずみ)プロデューサーに言ったのだわ、と思い出した。

「どうぞどうぞ、本気にしてください。それより骨折などしないように気をつけてくださいよ」

と笑った。

ビルが仕上がったら、パーティーを開こう。そうだ、屋上は、さくらの頃は花見の会、花火の時は花火の会、『未来の会』の懇親会、いろいろに使える。輪がどんどん広がるわ。『未来の会』に花を咲かせたい……。

心がまたまたモコモコと動き始めた。夢が夢を呼んで、追いかけて追いかけて。

今現在、『未来の会』も桐生ビルも結果は未知数だ。やりたいことをやる。こんな冒険、これからはもうできない。『未来の会』、桐生ビルで私の生涯の幕は下りるだろうと美奈子は思った。

今美奈子とハルさんは一緒に住んでいる。夜はリビングの脇にマットレスを敷いて眠る。ハルさんは、美奈子の寝室にミシンを持ちこんで、仕立や直し、帯や袴まで熟（こな）している。ハルさんは母の奈津が育てた、業界で立派に通用する職人である。頭が良いから失敗も少なく、いつも控え目だから人にも好かれる。

ある日、古い馴染みの客が、シャネル風にバッグを作れないか？　と豪華な袋帯を持ち込んだ。美奈子も呉服においては素人ではなかったから、思わずのり出して、

「有識（ゆうしき）の帯ですネ、川島ですネ」

と、目を輝かせている。はんなりとした色合い、王朝風の図柄といい、古（いにしえ）の風合に頬が染められてゆきそうな快感を覚えた。

「まあ、バッグになんて、もったいないですよ」

と、ハルさんは断っている。

「ああ、でもお預かりさせていただきます。デザインはシャネル風、素敵ですよ。いいアイディアですよ」

改めて客は肩を弾ませて、喜んで帰っていった。ハルさんは頬を赤くふくらませ、

「誰が仕立てるんですか？」

と、黄色い声をあげた。

「ハルさん、挑戦してみなさい。素人じゃないのだから。キモノが下火(したび)なら新しい販路を見つけなければ、仕事なくなっちゃうわよ」

「そりゃ理屈はわかりますけど、趣味程度にできたって、そんなの駄目ですよ。どこか問屋に聞いて、探してもらいましょう」

「せっかく舞い込んだ話じゃない。口(くち)こみでドンドン忙しくなるかもよ」

ハルさんは真面目で頑固で、結局、美奈子が折れて、じゃあ明日、昔勤めていたます屋に電話してみようか、と考えていた。

夜になって、ハルさんが食事の箸を休め、ボソリと呟いた。

「やってみようかしら？」

ハルさんの挑戦である。日本古来の図柄と帯の素朴で世界へも流せるデザインともなれば、

『未来の会』で流せる新しい道だ。そうかと思えば、今度は桐生ビルの夢が風船のようにふくらんでくる。

「私の老後の老後は、なんてステキ。ああ、これからよ、なんて、ステキ」

ハルさんがいる手前、歌うのは気がひけるが、八十八歳の長い年月、こんなに楽しいことがあっただろうか？　知来との楽しみ、喜びとは全く異質の楽しみ。これが生き甲斐なのだろうか。夢が仕事に繋がって……決して趣味ではない、生き甲斐という怪物に初めて出会ったような気がする。

「ああ、なんて、ステキ」

と、また美奈子は小声で呟いた。

十七　ある日突然

疲れているのか、ここ二、三日身体が動かない。左肩が妙に重く、ベッドに横になったら、身体の向きも変えられないほど痛くて重い。いい年をしてはしゃぎ過ぎていた自分を反省しながらも、痛みをおさえながらも、桐生ビルと『未来の会』に終始して頭は冴えきっている。痛みがだんだん激しくなって、左手に少し触れて、あまりの痛みに思わず悲鳴を上げた。

右手でランプのスイッチを押すと、まるで象の足のように大きくふくれ上がった自分の左手があった。私、どうしちゃったのかしら、と思わず右手で軽く触れた。飛び上がるほどの痛みであった。

「ハルさん、ハルさん」

と呼んだが、ハルさんの所まで声が届かない。今度は思い切りはり上げて、

「ハルさん！」と呼び続けた。

「どうしました？」

ハルさんは驚いてドアを開けた。

「救急車よんで……左手がおかしいの」

「おかしいって……」

と、ハルさんは布団をかきあげた。

「痛い！」

と思わず、その手をはたいた。

「どうしちゃったのかしら、私」

「あら、凄い！　パンパンじゃないの、ぶつけた？」

「なにも」

「入院かしら。急いで支度しなきゃ。トランク、タオル、石けん、パジャマ、下着、歯みがき一式……」

ハルさんは、すばやくもう活発に動き始めていた。

真夜中に、救急車の音がだんだん大きく響いて止まった。

「早いですネ」

その間二十分ほどだった。担架に寝かされたり、向きを変えたりするたびに、美奈子は年甲斐もなく「痛い痛い！」と遠慮なく叫んだ。

ハルさんも車に一緒に乗り込んでくれたので心丈夫だった。キャッシュカード、マイナンバーカード、現金などをまとめて小さなポシェットに入れた。

二か月前はひとりだった。ハルさんがいてくれてありがたかった。

左手はショッピングカートを持つ手。左手が使えないのでは、もう歩くこともできない。

建築中のビルのこと、『未来の会』のこともすぐ頭を擡(もた)げて、痛みをなおも増幅させる。

二時間以上の検査は突き刺すような激痛の中で「痛い！　痛い！」と叫びながらあらゆることが行われた。

「コロナは陰性でした。よかったですネ」

「コロナ？」

「ついでに」

「私、何の病気なんですか？」

「感染症です、蜂窩織炎（ほうかしきえん）です。魚の料理でもしましたか？」

「いいえ、魚は顔があるのでイヤで、魚は切り身の焼魚かお刺身です」

いい年をして何を……と医師は思ったのか、ただ笑っていた。

血液検査、尿検査、血圧、等々。結局三時間以上の検査でも、原因はわからなかった。部屋は六人部屋でよかったが、そうもゆかず、結局個室に運ばれた。右手に点滴を打ち、一時間過ぎると、今度は痛み止めの針が続いた。

ハルさんは大方の始末をつけて、

「じゃ帰りますネ、明日また。頑張ってくださいネ」

と帰って行った。

やっと静かになって、まわりに目線を走らせた。新築したばかりなのだろうか、なかなか素敵な部屋だった。もう夜も白み始めていた。着のみ着のままでベッドに寝かされ、痛みに疲れきって、目は重くたるみ、その夜はそのまま浅い眠りから醒（さ）めたり、また眠ったりをくり返し、朝を迎えた。

翌日は、ハルさんから知らせを聞いて、徹が一番に顔を見せた。面会はこの部屋ではできない規則があるらしい。面会室がすぐそばにあるらしいが、そこまでゆけず、「顔だけ見て、すぐ帰ります」という約束で、徹が顔を見せた。

「『未来の会』、ひとり連絡が入ったんで……。まずは知らせなきゃと、看護師さんに、無理をお願いして……」

「ありがとう」

徹は見舞いの挨拶より先にハガキを手渡した。美奈子はせっかちに右手で受け取って、

「栃木県小山市の方ね、男の方ね」

「第一号です。翔馬にも知らせておきます」と言ってから、

「痛いんでしょ」

と、庇（かば）うように言った。

「半端じゃないわよ。でも知らせてくれてありがとう。受験のほうは、二次試験を控えて大変な時期にごめん。『未来の会』は気にしないで試験に集中して……」

「試験はなるようにしかならないから」

と、徹は捨て鉢な表情で笑った。

「そんなこと言っちゃ駄目、ここ一番なのだから」

「回診する時間がせまっているので、ごめんなさい」

と、看護師がせきたてた。

「はい、帰ります。ありがとうございました」

徹は看護師に一礼してから、「じゃー、また来ます」と手を振った。

「手術じゃないから心配しないで、点滴入院なんだから……試験、しっかりね」

昨夜は苦しい夜だった。朝になって、徹の朗報で一瞬痛みから解放されたものの、やはり痛みは容赦なく襲ってくる。昨日とさして変わりはない。

皮膚科のドクター軍団が美奈子のベッドを早くも囲んだ。手をとる医師の手を、美奈子は思わず右手で叩いて、「痛い!」と払った。

「ごめんなさい。でも今、痛み止めの点滴と抗生物質を交互に入れてますから、午後あたりから明日の朝にはだいぶ楽になりますよ。全身が痒かったり、歯ぐきはハレていませんか？」

などいろいろ検診して、口の中にライトを当てた。

「きれいだ、大丈夫。朝食はしっかり食べましたか？」

「はい」

と答えた。実は少しも手をつけていなかったのだ。ハルさんがつくってきたサンドイッチが冷蔵庫に入っている。美奈子は話題を変えて、

「このハレ、戻りますか？」と訊いた。

「戻ります、戻ります。まだ始まったばかりでしょう。頑張ってください」

頑張るなんて、大変なことよ！　と美奈子は、子供みたいに心の中で叫んだ。人には頑張れ、頑張れと言うクセに、言われてみたら、大変な重み。心の重みと比較はできないが……。

さっき、徹が早急に知らせてくれた情報に、今美奈子は僅かな希望をかけていた。

「頑張ろう」と思い直し呟いた。

まるで象の足のように五本の指が一つの塊のように、腕は太い大根のようになってしまった状態も、日がたつにつれて、薄皮をはぐように、ゆっくりゆっくりしぼんでいく。これも一つの神が自分に与えた試練なのかもしれない、と自分の胸に言いきかす。

この部屋の窓の外は、目の前に東京タワー、周りには増上寺、プリンスホテル、遥か向こうに連なる山々の影、青い空に鳥が一羽、鳶か鴎か知らないが、夢の中の絵のようだ。美奈子はその一枚図柄の上に『未来の会』と文字を描いてみる。

きっと、きっと、いいことあるわ、などと勝手に胸を躍らせている。

ハルさんは今、顧客から預かった袋帯をどう蘇生させるか、頭を抱えている。一本の袋帯からバッグとポシェットと財布がとれそうだ。模倣ではなくオリジナルでなければ価値はないと初めての取り組みに真剣だ。

デザインの世界である。この何十年、キモノ、ハオリ、コート、男物の袴まで、ハルさんは見事に熟してそれが普通になっていた。人生を、もう一つ踏み込んで深く追求することもなく過ごしてきた。美奈子の言う生き甲斐の世界とは、違う。なぜかもうハルさんは、ほり下げた世界の追求にひきずり込まれていくことを止めることができなくなってきた。真夜中までそのことで起きていることが多くなった。たぶんハルさんもそのタチの人間だったのだろう。

その夜もハルさんは、トロトロと半分眠りの中で、

「火事だ！　十二階が火事だ‼」

　と叫んでいる男性の声を耳にした。飛び上がって玄関のドアを開けると、なるほど尋常でない風にパジャマのまま飛び出して、二、三人が群れている方向へ走った。

「火事はどこですか？」

「十二階ですよ。向こう側の人大変だ」

　と騒いでいる。一瞬、あちら側でなくてよかったと、胸を撫で下ろした。よかったとはいえ、今売りにかけている物件だ。病人の美奈子に今知らせるべきか、一瞬判断がつかない。

　深夜だったが徹の携帯に判断を仰いだ。

「知らせたほうがいいんじゃない。桐生さん、男みたいに神経太いから……」

　という徹の返事であった。幸い何の被害も、こうむってはいない。

「そうね、そうね、明日早々に知らせます」

「俺も試験が明日だから、明後日(あさって)行ってみます」

　ハルさんは驚いて、

「あら、大変な時、ごめんなさいネ。ご成功祈ります」

　と、一歩下がって受話器と一緒に頭を下げた。

ハルさんのお蔭で食事が楽しみになっていた。今日は焼鳥弁当。ハルさんが魔法びんにほうじ茶を入れてきた。食事はこの香ばしい香りの味に限る、などとなおも食が進んでいる。

「夕べネ」

と、ハルさんの言葉が途切れた。

「夕べ？」

「西側の十二階で、火事があったんですよ」

「えっ！　火事！」

美奈子は一瞬心臓がつぶれそうになった。

「大丈夫、となりがちょっとの類焼で終わったから。東側は全然関係がなかったから」

西側と聞いて少しホッとした。被害が及ばなくてよかった、と思いはしたものの、売りに掛けている建物のたとえ一部でも火事とあれば、物件の値打ちはどうなるのか？　値下げをされてしまうのではないか？　と急に不安がモクモクと心の中を這い始めた。

美奈子は一瞬暗い表情をのぞかせたが払拭するように明るく、

「そお、でもよかったわ。当事者は大変でしょうけど、道の東側でよかったわ」

「そうですよ。美奈子さんは負けない。私も今、いろいろアイディアを考えているんです。一つはメインのバッグ、一つはポシェット、一つは財布」

「いいわネ、でもちゃんとOKをとってからにしてネ。バッグだけというなら、それで。三つOKとなればなお結構。決して断っちゃ駄目よ」

「はい、そうします」

ハルさんは大いに明るかった。美奈子はそうもいかなくて、「あのマンションは賃貸にまわし、その分は銀行ローンにしようか!!」などと思いを巡らせていた。

午後になって、先駆け不動産が見舞いをもって挨拶に来た。

「大変でしたなあ」

「駄目なら駄目で構いません。買い手がなければ、賃貸にまわします」

もう二人は病気のことなど触れもせず物件の話になっていた。だいたい買主は決まっているらしい。京都の人で娘が来年東京の大学を決めているので、自分たちも東京の仕事の足場も兼ねて大方決めているのだと言う。〝値上げはナシで、交渉しましょう〟と汗をふきふき帰っていった。美奈子は鬼になっていた。銀行に相談してみよう。八十八歳というハンデはあるが、家賃計算でもう結果は出ているはずだ。だから短期のローンを考えているのだ。凄まじい社会の仕組みの中で美奈子は〝負けないわ〟と固く強く胸を張った。

翌日もその翌日も個室であった。

「桐生さん、大変でしたな、病気のことも、それより火事のことも……翔馬から電話で知らせてまいりました」

翔馬の父の松田翔太郎である。

「翔馬君から？　フランスから？」

「徹君から電話が入ったそうです。そばにいるのに私はちっとも知らないで」

「いいえ。こんなこと予想に入れておかなければいけなかったんですわ。経験不足で、お恥ずかしいですわ。西側の十二階ですから、よかったと言っては失礼でしょうがホッとしております。翔馬君、元気でやっていらっしゃいます？」

「ええ、そりゃーもう、人が変わったみたい。あちらのシェフも喜んでくれてます。桐生さん、あなたのおかげです。ありがとうございました。私も嬉しくてね」

「翔馬君も徹君も、とてもとても十代とは思えない大人顔負けの社会人です。私も二人にとても力を頂いております。こちらこそ、ありがとうございます」

「ビルの建設中とは、凄いパワーですな、でも健康を害してまで頑張っちゃ駄目ですよ」

「私、がむしゃらで、いい年をして、お恥ずかしいですわ」

「翔馬から『力になって』と言われております。息子のたっての願いに応えたいと思います。あなたは息子の命の恩人です。疎かにはできません、大切に思っております」

美奈子は思わず涙の海の中で溺れそうになった自分をあえて必死で支えた。

「ありがとうございます、頑張ります」

「『未来の会』のほうは、いかがですか？」

「まだまだです。これからです」

「これから……翔馬や徹君が惚れこむわけだ。翔馬は『五年間絶対に帰らない。必ず、父さんの納得ゆくような形にして帰るから』なんて、あいつ、珍しく嬉しいことを言ってくれました。若者たちに期待しましょう」

「ええ」

「でも頑張りすぎては、命おとしますよ」

美奈子はフッと力が抜けて、

「いつだって、いつだって平気です」と呟いた。

「でも『未来の会』形にしたいですよネ……」

しばらくの沈黙が流れた。

「時間が、時間がかかるでしょうね……。翔馬君や徹君の世代に任せます」

「人生百年、まだまだですよ」

「いいんです、未完のままでも、未完のままでも、構わない」

美奈子はもう一度「未完のままでも、構わない」と呟いた。

結果はどうあれ、やれる所まで、燃えてみたい。桐生ビルの建築も、ハルさんに自分の流儀を迫ったのも、翔馬や徹に大きな期待を寄せたのも、とどのつまりは『未来の会』のため。運営費を合理的に生み出したかった。生き甲斐を実感する実績が一人でも多く欲しかった。心の通う協力者が欲しかった。しかし、どんなことも形通りにスムーズにはゆかなかった。揶揄、皮肉、侮辱、軽蔑、ジェラシーから始まって、人にも言えない罠もあると感じることもあった。世の中恐れていては何も進めない。金、金、金、の世の中と、遠い昔から決まっている。

「優雅なひとり暮らし……ととことんそれに賭けてみたら、どんどん使いましょうよ」

などとあからさまに言う奴もいた。

「あなたと私は違うのよ、みんなそれぞれの生き方で生きているのよ」

などと、当初はよくむきになったものだ。

人の心の裏表、知っただけでも、面白かった。

たとえ多少のローンを抱えようと、自分の流儀に則っての桐生ビルの建設である。今度こそ、今度こそ……美奈子は、少しはゆとりを持って豊かな気持ちで運んでゆこう、と心に決めているのだった。なぜって、賃貸料でそれを補うことで前に進めた。全国にリーダーをつくることだ。リーダーの交流会も自社ビルで開ける。そこでリーダーがなすべき道を美奈子は心ゆくまで模索してみたかった。

十八　徹の笑顔

徹は試験を終えてから、家に戻り、いつもの仕事を坦々と熟し、それからスーパーでみかんとバナナの缶詰を買い、新発売のマンゴーの缶詰を持って病院に行った。

「小山市の森本さん、パンフレット送っておきました」

「ありがとう、試験はどうでした？」

「自信ないなあ」

と呟いた。が、思いたつように、

「俺の本当の目的は弁護士になりたくて、ちょっと気恥ずかしくて言えなかったけど。落とされてももう一度挑戦して、それでも駄目なら、諦めます。それが俺の限界でしょうから」

と屈託なく笑った。

「何言ってるの、あなたにはあなたに相応しい道があるのよ。目標はそれでしょ」

「生き甲斐への道か」

と、噛みしめるようにため息をついた。

「ともかく、結果を待ちましょう」

と、説教になりそうな自分を戒めた。

「例えば、合格したとしても、土曜の午後は、いつもどおり行ってもいいんですか？」

と、らしくもなく声を顰めた。美奈子は驚いて、

「当たり前でしょ、何考えているの！」

と思わず叱咤した。

「本当に？　翔馬がいなくても、ずーっと？」

「もちろん、続けてほしい、お願いします」

感情を余り表に出さない徹が、

「ああ、あーあ、よかった！」

と、珍しく奇声をあげて体を捩じった。

「縁が切れちゃうんじゃないかと、心配だった。よかった」

「よかった」ともう一度口の中で呟いた。

「徹君、あなたや翔君がいなかったら、この『未来の会』は存続不可能よ。こちらこそよろしく、お願い、いたします」

美奈子は、深々と心から頭を下げた。

細く、長く、生涯つき合ってゆきたい二人であった。心の通い合う人間と人間の関係であった。夢とか恋とか……年代とか超越した八十八年、初めての感触であった。


徹はその後、動画の制作に余念がない。未来体験から始まり、手際よく運ばれて、いつも生き甲斐、生き方、仕事、社会性と深みに嵌めてゆくそのテクニックは、全く二十歳に満たない徹の才能には脱帽であった。弁護士の勉強はいつするのか、と美奈子は心配になるのだが、徹はいつも自然体で淡々と熟している。それを皮切りに、問い合わせは小山市から始まって、北海道、宮城、福島、四国と急に連絡が密になってきた。徹はすっかり自信をつけているらしい。

退院の日が決まった。でも痛みもむくみも戻ってはいなくて、左手の使えない不自由さにまいっているが、久し振りの我が家でハルさんがいろいろつくってくれた。徹と徹の脇で細かい仕事を引き受けている一つ年下の女子高校生と四人の宴であった。

「俺、受かりました」

徹が、冒頭一番、手を高々とあげた。

「おめでとう！」

美奈子は年甲斐もなくオーバーにハグしてから、

「徹君、頑張ったわね、本当におめでとう！」

と、美奈子の興奮はなかなか納まらない。

「こちら、徹君の学校の一級下の、吉野……」

と、ハルさんが言いかけて、

「吉野美加と申します。徹さんにはいつもお世話になっております。宜しくお願いいたします」

と、丁寧に頭を下げた。

「こちらこそ、宜しくネ」

美奈子は握手の右手を差しのべた。

美加は両手でその手を強く握りしめた。左手の影響が右手にもあったらしく「痛(いた)」とわずかに手を引っこめた。

「あっ、ごめんなさい」

美加は恐縮して手を離した。

「ごめんなさい、大丈夫よ」

美奈子は美加を気づかい、「気にしないで」と椅子に腰を下ろして、

「今日はしゃぶしゃぶだって」

と、ハルさんが運ぶ鍋に鼻を鳴らした。

「ラーメンを持ってきたけど、じゃこれ後日食べてください」

と、徹が袋の中から取り出して冷蔵庫に入れ、

「餃子と春巻もあとでどうぞ」

と言った。

「食べたい！　徹君、こちらに出しといて」

と、子供みたいに大声を出した。

「じゃ、あとでレンジにかけて、お出しします」

と美加が言った。

ハルさんの用意が終わって鍋を囲んで、まず徹が乾杯の音頭をとった。

「代表、おめでとうございます」

「代表？　私？」

「これからは、そう呼びます。人が大勢になってきたら、やっぱり、代表がいいでしょう」

「何だか落ち着かないわネ」

「私も？」

とハルさんが言った。

「ハルさんはどうぞそのままで……。僕らは仕事ですから敬意を表して、な」

と、若い二人は顔を見合わせ相槌を打っている。

「今日は代表の退院お祝いの会なのに、僕が先に手を上げちゃって、すみません」

と、徹は改めてそれぞれのグラスに飲みものをつぎ、

「じゃ改めて、代表、退院、おめでとうございます」

と徹の声と共にみんなが一斉に祝杯の声をあげた。

「翔馬に知らせたいな……」と、徹が呟いた。

「電話して」

と、間髪容れず、美奈子はそばの受話器を持った。

「今、向こうは何時かな。時差が何時間だったかな、えーと……。明日します」

「そうネ、迷惑かけちゃいけないわ。お願いネ」

「はい、必ず」

「いつも、ありがとうネ」

年のせいか、すぐ目がうるむ。

「必ず」と、徹はもう一度呟いて背中にまわって、まるで保護者のようにか細い美奈子の背中を強く指でおさえた。窓際にいたハルさんが、

「わあっ、きれい！」

とガラス越しの空を見上げている。

「本当だ」

と、徹が重いガラス戸を引いた。ベランダに出た四人は思わず目を見開いた。

まるで銀河鉄道に乗り込んだようだった。

十九　心の設計図

『未来の会』は、結局どうなるのだろうか？　美奈子は退院のあと、老いの坂道をころげるように落ちてゆく自分の限界を認めざるを得なかった。

『未来の会』は今少しずつ反応が見えてきた。都内で三人、大阪で一人、仙台で一人、福岡で二人、焦らずゆっくり固めてゆこう。美奈子は大学の勉強がどんなに大変であろうと、どんな形でも、徹は手の内に止めておきたかった。五年過ぎたら翔馬も帰ってくるだろう。もういっぱしの大人である。二人に『未来の会』を託したい。各々はその頃自分の仕事を一路邁進しなければならない時が来るだろう。でもその少しの時間を、この生き甲斐運動の継続に力を貸してもらいたいと心に強く願っている。

犯罪の少ない、誇り高き国、誇り高き国民性。ネットも心の世界も同じ価値で未来へ進む、理想の王国を……などなどと、人にも言えぬ大きな夢をまた追い続けている。

桐生ビルが完成したら、新聞にも広告を一回出してみよう。リーダーをできるだけ全国に募りたい。リーダー無くして広がりはない、と美奈子は確信している。その総まとめ役が自分であり徹であり翔馬だと決めている。各企業にも呼びかけ社内運動を促進したら、決して悪い結果は生まれない。老いの坂を間近に控えたシニア世代には、自分の過去と照らし合わせ、長い積み重ねた経験を生かし、『未来の会』を老後の楽しみに、仕事に。未だ生き甲斐への道がどんなに有意義で、楽しく味わい深い道が広がるか、どんなに幸せな時間を掌握できるか。母親は自分の子供のために、何がこの子にできるか、自分を振り返りながらでも模索するぐらいの気構えで。若人、成人男女はそれぞれの考えで、生命という限られた与えられた時間を大切に……さすればきっと幸せは求めなくてもやって来る。焦らず諦めず他人と比較せず……。

美奈子は夢の中まで、またモグモグと呟いていた。

二十　舞子のリサイタル

一通のきれいな封書が他の封書にまぎれてポストにあった。

「あら、舞子さんだ」

美奈子は部屋まで待ちきれず、エレベーターの中で封を開けた。

第一回日比野舞子のリサイタルの夕べ、の案内だ。

「やるわネ、舞子さん！」

嬉しくなって部屋に入るなり、「ハルさん！」と大声を上げた。

「何？　また痛むの？　どこかぶつけた？」

と、ミシンを止めて、慌てて顔を出した。

「コレ見て。舞子さん、やるじゃないの」

「舞子さん？」

と、首をかしげて覗きこんだ。

「第一回　日比野舞子ヴァイオリンの夕べ」

と、ハルさんが文字を追った。

「雄が生きていたら、今頃結婚の準備にかかっていたでしょうネ」

「雄一郎さんの婚約者？」

「そうなの」

「ヴァイオリニストなの？」

「そう、アメリカで出会って」

「まあ」

と、ハルさんは次の言葉が繋がらなかった。〝悲しい運命、でもなんて優雅！　私にはそんな青春もなかったわ〟などと唇を噛んだ。

舞子のリサイタルは赤坂の○○ホールで開かれた。客席は殆ど満席に近かった。音大関係、母親の教会関係、業界のカメラも入っているようであった。

ピアノよりチェロより、美奈子はヴァイオリンのあの音色がたまらなく好きだった。もう五、六十年前、勤め始めてまもなく、ます屋の顧客から、自分が急用で行かれないからお好きならと頂いた、ソ連の超一流ヴァイオリニスト・オイストラッフの券で、会場の扉の中へ。

そして出てきた時は人が変わったように頭の中が真白になって、いつまでも震えが止まらなかった。〝こんな世界があるのか〟と、いつまでもいつまでも、心に、耳に、あの音は彷徨い、酔いしれていた。

舞子は今や、完全に立ち直り、積み重ねた芸術の世界に身を委ねていた。

雄介、和代夫婦は、今度もまた手が抜けない手術のため花束だけのお祝いとなった。妹夫婦と、美奈子の花束が三つ、舞台に届けられていた。

栄光の道はこれからでも、一歩踏み込んだ舞子の眼差しは赤々と燃えたぎり、遠い青い空を見つめるように輝いていた。雄が生きていたら、自分の初めての仕事にさぞ心を馳せていたことだろうと、美奈子はそっと目頭を拭(ぬぐ)った。

二十一　徹のひらめき

生き甲斐運動、みんなの交流会
『未来の会』代表　桐生美奈子

こんな名刺を新しくつくった。

立ち上げた当初とは、根本のテーマに変わりはないが、今あらゆる世代を対象にみんなという言葉に変えた。


生き甲斐とは、人の幸せの原点である。

人生は、いつでもコレカラ Let's go
大切な日常は、そのまま、そのままで、余暇の時間で模索してみましょう。

自分らしき道、生き方を、もう探り当てていらっしゃる方も、より高みにもう一つ。

あればあるほど人生は楽しく、幸せの色合は深くなる。こればかりは、欲ばり大歓迎の世界です。

生き甲斐の素晴らしさをもう充分満喫されていらっしゃる方、そしてこれからの方々も、人との出会いの中で互いに認め合い、啓発し合い、手を繋ぎ、心を繋ぎ、みんなの力で、自由奔放な発想でグループと交流会をつくりたいと立ち上げました。

日本全国、全方位でこの『未来の会』の生き甲斐運動を広めてゆきたいと思っております。国民一人一人のみんなの胸にこの『生き甲斐棒』が一本嵌まれば、きっときっと犯罪は五年先には減少してゆくはずです。

幸せはお金ではありません。生き甲斐です。生き甲斐の先には、地位も名誉も、お金も待っていると私は信じます。絶対に自分らしき生き方を掌握することです。

夢はあっても抱えているばかりでは何の進歩もありません。孤立していては何も生まれません。人と接し、いくつになっても社会と繋がっていることが楽しいのではないでしょうか？

今、偉い先生方、マスメディア方面からも「日本は、このままでは危ない」という言葉をたびたび耳にいたします。私たちは道に外れた行為を聞き流したり、見過ごしたり、ついしてしまいます。是か非かはっきりと言える強さを持ちましょう。そうして身の回りの小さな犯罪が起こる前に叩き潰してゆきたいものです。お一人お一人が活力のある、誇り高き、平和な国造りを目指しましょう。

みんな、みんなの国だから。ネットの世界はどんどん発展してゆきます。とても大切なことです。そして心の世界も同格に、大切と強く思い続けております。

『未来の会』とはそんな交流会です。

『未来の会』代表　桐生美奈子

美奈子はこんな文章で今思うことをまとめて書いてみた。
八十、九十になって街頭で叫ぶこともできない。勇気もないが、老いた身体が許さない。バックに組織がある訳でもない、応援団体がある訳でもない。その分野の資格もない。文章にしてネットで翔ばすことしか道はない。徹に相談してみようと思った。

土曜日の午後二時、徹と美加が来る日である。若い風の漲る日であった。駅までゆく道すがらに最近新しく開店したケーキ屋のモンブランが美味しいと早くも評判になっている。美奈子は退院後初めて外に出た。この坂道とも近くお別れと思うと少々感無量の気味がある。

店内はパリのケーキ屋さんみたいで、そのインテリアもすっかり顧客の心を掴んでいるようだ。喫茶も兼ねている。四個買えば良いのだが、明日またハルさんと楽しもうと六個買った。カラにして引いてきたカートの底に、オーナーらしき女性が静かにケーキ箱を置いて、

「ありがとうございました、どうぞ今後とも宜しくお願いいたします」

と、深々と頭を下げた。

マンションまで二分もかからない。ついお隣りのことで、左手は相変わらず力の入らない

状態だったが入口のアーチまで来た時、少しの段差でアッと言う間によろけて腰がアーチの下の花壇の上にころがった。右手のステッキが飛んで、左手のケーキの入ったショッピングカートが勝手にのろのろと走って倒れた。

「大丈夫ですか？」

と、エレベーターを待っていた住人が走ってきて、横になったカートを美奈子に渡した。

「ありがとうございます、大丈夫です」

と、美奈子は丁寧に頭を下げた。そしてエレベーターの中で自分がボタンの前にいたので、

「何階ですか？」

とたずねた。

「十二階です」

「まあ、十二階！　火事、大変でしたわね！」

「お婆ちゃんの、おひとり暮らし」

「まあ」

「燃え上がっても自分で消そうと……で燃え広がっちゃった。問題ですよネ」

「私もひとり暮らし……。気をつけなければ！」

「奥様は、まだお若い。十二階さんは九十歳ですって」

エレベーターが六階でいいタイミングに止まり、ドアが開いた。

「じゃ失礼いたします」

と、美奈子はふたたび丁寧に頭を下げた。

部屋に帰ってカートを開けると、案の定、ケーキの箱は傾いていた。箱を受け取ったハルさんが、

「あらまあ、無惨。ケーキより、どこか打ってないですか」

「大丈夫」

徹と美加が奥から心配そうにとび出てきた。

「転んだ……？」

「大丈夫よ。ちょっと入口のアーチの所で尻餅ついたの。カートが勝手に走って横になっちやったの」

ハルさんがケーキの箱を開けて、

「ああ、めちゃめちゃ。モンブランもショートケーキもミルフィーユもみんな一緒になっちやった」

と笑い出した。徹も覗き込んで思わずふき出し、

「でも旨そうじゃない」

と笑った。美加が、

「ワインの香り……」

と鼻を鳴らした。

「でもまあ、骨折しないでよかったわ」

と、ハルさんがケーキの箱をキッチンに持っていった。

「徹君、パソコンの上に置いたレポート、読んでくれた？」

「読みました」

「どうかしら？」

「どうかしらって……？」

「くどいかな、何回も、生き甲斐生き甲斐って……。またかと思うかな」

「俺、ずっと考えていたんだけど……」

「何？」

「代表ひとりじゃなく、書く人大勢いたほうが強味でしょ。世間に一言（ひとこと）言いたい人ってたく

さんいると思うんです。そういうコーナーをつくって、原稿を一般から投稿してもらったらどうかと思ったんです。そういうコーナーをつくったら……なんて、ふっとひらめいたんです」

「いいかもネ。あなたの思いを八百字にまとめて投稿してください、みたいな？」

「そう、世の中書きたい人、たくさんいると思うんだ。でももし集まらないようだったら、呼び水に誰か集めるよ、な？」

と、美加を見た。

「面白いわ。匿名でもいいんでしょ、だったら私も書く」

「俺も書く。匿名で自由に」

と、徹も同調した。

「面白いわネ。テーマは自由、ただし個人攻撃は不可。あなたの思い、か。徹君、やるじゃない」

「面白くなってきましたネ」

ハルさんが淹れてくれた紅茶で、くずれたケーキをほおばりながら、その日はとてもとても面白い夜だった。

その夜、美奈子はもう一つひらめいたことがあった。昼間、十二階の住人に言われた言葉であった。建物の十二階のお婆ちゃんのひとり暮らし。「問題ありますよネ」と言われた時だった。自分も今はハルさんと一緒な訳で、その淋しさその不便さは半減されているものの、あの時ひとりだったらどんなに不安であったかと、思うに余りあるものがある。

高齢者のひとり暮らしが年々増加していることは間違いない。政府の統計にも出ている。人の生き方は様々で、それぞれのプロセスを経て一生を閉じる。その多くの生き方から、美奈子はひとり暮らしの生き方に特に興味を寄せて選んでいる。一人で生まれ一人で死ぬ、これは誰にも同様に避けられない与えられた形態だ。そこまでのプロセスは十人十色。美奈子は今、おひとり様のその長い老後の生き方を展開させていきたいと思いを馳せている。『未来の会』、本部の関連部門として、「おひとり様の交流会」をまず第一に実行してみたいと思い始めている。ひとり暮らしの実体、ネガティブにならず、ポジティブに、自由を満喫する、などなど磊落（らいらく）に語り合い、より楽しい幸多き生き方を模索する、そういうグループをつくりたい、と美奈子は思った。

それがたとえ、未完に終わろうと構わない。

桐生ビルの完成はこの夏の終わりか秋にかけてと予定している。あと五か月、その間どんなハプニングが起ころうと、手を抜かず、とことんやってみたい。ビルが完成しても『未来の会』はまだ初期段階、若い世代に引き受けてもらおう。自分はこのままその経緯を楽しもう。この命、ある限り。そうして、楽しかったわ、と笑って柩に納まりたい。

美奈子は今日も浅い眠りの中で、僅かに残された生命の炎を、また口ずさんでいた。

ひとりで生きて　ひとりで死ぬのよ
それが　わたしの　覚悟です
残(のこ)んの命　果てるまで
花の咲くまで　燃えたいよ
やりたい事を　やるのです
たった一つの　この夢と
あゝ　これからよ
なんて……ステキ

完

おわりに

『未完のまゝでも構わない』を書くに当たり、まるで難破船に乗り込んでしまったような気味が多々あった。

前作の『夢の中まで』の軌道を外さない美奈子ではどうしても前に進めなかった。ちょっと、変身させてみたかった。

人間は決して一面ではない。二面性でも納まらない、七面鳥のように、時と場合で、そこは強か（したた）で、複雑に逞（たくま）しく豹変できる怪物のような、至極の業（わざ）を知っている代物だと、実感しております。

九十近くにもなって、後継者もいない孤独な身で、自社ビルの建設という途方もない無謀な計画に即、決断・実行も速かった。それは、すべて、『未来の会』を成就させたい、継続させたいがために他ならなかった。少し遣（や）り過ぎであったかもしれない。しかしそれくらい破天荒な人間像を描いてみたかった。そんな生き方に憧れている私自身であった。

生き方とは、人生そのものです。

このサイクルの速い現代社会に於いて、若い方々の活躍振りには、目が眩みそうです。この国を背負いたつ若人たちに乾杯です。

愚鈍に過ごした私自身、この膨大な時間、まだまだ続く続くであろう、この私の老後に線引きをして、私のこれから、老後の老後に抱え続けた小さな夢を燃やしてみたいと思います。

最後に、私のこれからに、思いがけないチャンスをくださいました株式会社文芸社様に、心から感謝いたします。また、たくさんのアドバイスを頂きました編集者様、スタッフ御一同様、そして、最後までお読みくださった皆様に重ねて厚く御礼申し上げます。ありがとうございました。

菊村　てる

二〇二四年八月吉日

著者プロフィール

菊村 てる（きくむら てる）

東京都出身。昭和10年生まれ。昭和29年、日本橋女学館高等学校を卒業後、シナリオ研究所に通う。同年秋、銀座の老舗呉服店に入社。30年勤続後、独立して六本木で㈲来（き）の宮（みや）を設立。その後、八丁堀に移転して20年間、呉服の仕事に携わるも、脊柱管狭窄症を発症し、やむなく閉店する。以後、人生、時間、生き方、生き甲斐、仕事と自問自答しながら夢・志の世界に辿りつき、80歳で作詞の世界と出会う。
令和３年１月、大人達の交流会『明日の窓』をインターネットで配信。人生いつでもこれから――諦めない生き方をテーマに、現在に至る。
社団法人 日本音楽著作権協会会員
社団法人 日本作詞家協会会員
社団法人 日本音楽著作家連合会会員
株式会社日本フローラルアート作詞講座ミュージックフォーラム会員
【主な作品】
■小説：『夢の中まで』（2021年文芸社）
■エッセイ：『八十歳の爆発』共著、『終りのない旅』共著（ともにフローラル出版）
■作詞：「下積時代まっしぐら」（作曲 馬上雅宏／編曲 京極あきら／唄 相馬次郎）「わたしの放浪記」（作曲編曲 京極あきら／唄 沢やす子）など

未完のまゝでも構わない

2024年10月15日　初版第１刷発行

著　者　菊村 てる
発行者　瓜谷 綱延
発行所　株式会社文芸社
〒160-0022　東京都新宿区新宿1－10－1
電話 03-5369-3060（代表）
03-5369-2299（販売）

印刷所　株式会社フクイン

ISBN978-4-286-25651-1